Chris Adel

BÄRENBLUT

Roman

Von Chris Adel bisher erschienen:

Melken (1. Platz des Land Forum Literaturpreises 2011)

Island Universe (Kurzgeschichten)

Noola und der Walmenschling (Die Ballade vom Pottwal und dem Riesenkalmar #1, Roman)!

!Manda Cojones¡ (Erzählungen)

Kamikaze (Novelle)

Konrad und der Leviathan (Die Ballade vom Pottwal und dem Riesenkalmar #2, Roman)

Scorecard Marketing (in: Modernes Marketing, Hrsg. Marie Fröhlich)

Gott hasst uns alle (Novelle)

Des Teufels fette Beute (Novelle)

Gott hasst uns alle (Novelle, Green Edition)

Nur die Harten kommen in den Garten (Novellen)

Stimmen zu den Büchern von Chris Adel:

„Der Schreibstil des Autors ist absoluter Wahnsinn!"

J. Fenko, IG

„Tiefgang und Wahnsinn liegen oft nah beieinander."

Tanja H., Amazon

„Ein unvergleichliches Lesevergnügen. Etwas Ähnliches habe ich bisher nicht gelesen. Mir hat es sehr gefallen!"

Kathie N., Amazon

„Wunderschön und traurig zugleich!"

Tamara von Zeilentanz, IG

„Ein Autor, der sich selbst verlegt, ist völlig frei in dem, was er schreibt. Es wird nichts beschnitten, begradigt und dem Geschmack der Allgemeinheit angepasst. Statt eines fein getrimmten englischen Rasens bekommt man einen herrlichen Wildwuchs von Ideen und Worten. Das ist Literatur in ihrer reinsten Form!"

Büchernörgele, Amazon

„Eine Lese-Empfehlung für alle Fantasy-Liebhaber und Freunde kurioser, aber brillanter Geschichten."

Laura Grün, Amazon

„Das Ende nahm dann noch mal eine ziemlich schräge und vor allem traurige Wendung an, dass meine Augen feucht wurden und mein Herz schmerzte. Chris Adel hält subtil den Leser*innen den Spiegel mit der ungeschminkten Wahrheit unserer verkommenen Menschheit vor Augen."

Mountains of Books, Amazon

Über den Autor:

Chris Adel wurde in Wien geboren, arbeitete in Straßburg, London, Kyoto, Graz und Tokio und kehrte 2014 nach Wien zurück. Grundsätzlich sieht er sich als frei laufender Künstler, der geniale Geschichten liebt.

Seit mehr als 20 Jahren arbeitet er als Chemiker in verschiedenen Branchen. Er verbrachte einige Zeit in Lateinamerika und Asien – was ihn zu der Buchreihe „Die Ballade vom Pottwal und dem Riesenkalmar" inspirierte. Die Kurzgeschichte „Melken" wurde 2011 mit dem Land Forum Literaturpreis ausgezeichnet.

Seine Mission ist es nicht nur, unterhaltsame und zum Nachdenken anregende Literatur zu verfassen, sondern Autoren bei ihrer Schreibgewohnheit und einem effektiven Marketing zu helfen.

Seine Vision ist ein herrlich angelegter und liebevoll gepflegter Literatur-Garten mit wundervollen Buch-Schmetterlingen sowie eine grandiose Schreib-Community, die gemeinsam wie Seilschaften durch die tiefsten Prokrastination-Täler die Hunderttausender bezwingen.

BÄRENBLUT

Roman

Chris Adel

ChrisAdel.com

IMPRESSUM

ChrisAdel.com

1. Auflage

Christian Adelwöhrer
Pfluggasse 9, 1090 Wien

ISBN (eBook): 978-3-903315-23-5

ISBN (Print): 978-3-903315-22-8

Redaktion, Satz und Umschlaggestaltung: Banana Yamamoto
Korrektorat: Jenni Fenko
Titelbild © Pixabay.com

„Diese Art des Kampfes gibt uns die Gelegenheit, uns in Revolutionäre zu verwandeln, die höchste Stufe der menschlichen Gattung, aber es gestattet uns auch, uns als Menschen zu bewähren.
Jene, die keine dieser beiden Entwicklungsstufen erreichen können, müssen dies sagen und dem Kampf entsagen."
aus: Bolivianisches Tagebuch, *Ernesto „Che" Guevara*

VORSPIEL

„Wissen Sie, warum Sie hier sind?“

Baptiste starrte mit leerem Blick auf eine der düsteren Wände, als hätte er kein Wort verstanden. Die Eisenbeschläge an den roten Armgelenken und Knöcheln, die mit Ketten zusammengehalten wurden, schmerzten. Er würde eher sterben, als ihnen sein Leid zu klagen.

Ein Professor mit Schnauzer und Brille, der gegenüber Baptiste am Tisch lümmelte, schwang schon länger arrogante Reden in diesem grauen, fensterlosen Raum.

Am Rande ließ ein Schreiber flink seine Feder über das Papier gleiten.

Ein Wächter hielt ihn, Baptiste, mit Hilfe einer hölzernen Stange, die mit einem Lederriemen an seinem Hals befestigt war, in Zaum und auf Abstand.

„Ausschweifende Halluzinationen und Realitätsverlust, schwere Schizophrenie, Ausbrüche von exzessiver Gewalt, gemeingefährliche Pyromanie, ausufernde Koprophilie – Sie können sich glücklich schätzen, dass man Sie in diese Anstalt gebracht hat, denn wegen wiederholten bestialischen Mordes an Männern, Frauen und Kindern, in Kombination mit Wilderei und schwerem Betrug, würde man Sie sofort hinrichten. Doch Sie sind wohl eine einmalige psychologische Lektion, deshalb wurde es mir gestattet, Sie weiterhin zu –“

„Was denn? Mich quälen? Mich lächerlich machen? Meine Worte und Taten gegen mich verwenden? Sie werden sehen – am Ende werde ich hier erhobenen Hauptes hinausgehen und Sie werden mir recht geben! Und schließlich sogar Beifall spenden!"

Baptiste war mit kurzen, beißenden Worten aus seiner Lethargie erwacht, nun starrte er wieder gleichgültig gegen die Wand. Der unerträgliche Lederriemen um seinen Hals zerrieb seine Haut: Der Mann, der am Ende der hölzernen Stange stand und ihn so unter Kontrolle und auf Abstand hielt, war müde und unruhig, quetschte ihm deshalb unbeabsichtigt, jedoch schmerzhaft die Gurgel.

Man hatte ihn im Schlosspark unter den wilden Tiere – wie durch ein Wunder bis auf eine vom Wachmann hervorgerufene Kopfwunde unversehrt – aufgefunden. Blutverschmiert und abgezehrt, dem Tode näher als dem Leben, der Realität so fern wie ein abgehalfterter Theologe.

„Oh, da ist ja jemand zu sich gekommen! Die ersten Worte von Ihnen, die Sinn ergeben. Bisher stammelten Sie nur wirres Zeug von einer Bärenrevolution. Von geflohenen Negersklaven und Elefanten – nun scheint wieder Leben in Ihre ausgemergelten Glieder gefahren zu sein. Aber wen wundert's, wenn einem eine Kanonenkugel in die Zelle kracht! Auch ich hätte an Ihrer Stelle diese Chance ergriffen, das werde ich Ihnen nicht vorhalten. Man ist ja nur ein Mensch, und einer wie Sie lebt ja offenbar mehr als nur ein Leben."

Baptiste: „Sehen Sie aus dem Fenster! Das ist die Welt, die Sie mitverantworten, eine Welt voller Ungerechtigkeit und Gewalt. Ich mag in einer anderen Welt als Sie leben, mein Herr, meine Welt ist jedoch durchdrungen von Gerechtigkeit, Kameradschaftlichkeit, Liebe und Barmherzigkeit."

„Wären Sie so gütig, mir Ihren werten Namen zu nennen?"

Baptiste entschied sich, nicht auf diese Frage zu antworten, sondern merkte nur an: „Meinen Namen werden Sie noch früh genug erfahren, wenn in ein paar Tagen die Revolution ihre Wende nimmt und ein neues Zeitalter ausgerufen wird! Bis dahin sollten Sie sich hüten, denn die, die kommen, um mich zu befreien, werden keine Gefangenen machen."

„Je mehr Sie mir von sich erzählen, umso angenehmer wird es werden, umso zufriedener werde ich sein. Im Gefängnis wird man ja furchtbar zugerichtet und die Ratten nagen an einem. Das wird Ihnen hier erspart, denn gerade, weil Sie eine Gefährdung für sich und andere darstellen, muss man Sie angemessen verwahren. Wenn Sie sich benehmen, dürfen Sie bei der Gartenarbeit helfen; werden Sie allerdings wieder gewalttätig, dann wenden wir eine neuartige Erfindung an Ihnen an, etwas, das man hier ‚Schutzjacke' nennt. Den Amerikanern fällt auch immer etwas Neues ein, aber es scheint diesmal recht nützlich zu sein. Zumindest wird es, falls Sie sich nicht benehmen, unsere Sicherheit gewährleisten –"

„Nicht vor mir müssen Sie sich in Acht nehmen! Ich bin nur einer von vielen, ein kleines Glied einer mächtigen Bewegung, einer gewaltigen Revolution!", rief Baptiste lachend, ohne sein Gegenüber anzusehen. Er war sicher, dass dieser momentane Zustand ein vorübergehender war. Denn sobald seine Bärenfreunde von seiner Festnahme hörten – und früher oder später mussten sie es erfahren! –, würden sie keine Mühen scheuen, ihn zu befreien. Immanuel würde all die Bären zusammentrommeln und noch ehe sie die Kaiserstadt zu unterwerfen gedachten, erst einen gehörigen Überfall auf diese Anstalt verüben. Was nicht besonders schwer sein dürfte, da die Bewachung nicht so streng wie in einem Gefängnis zu sein schien. Die Wärter dünkten ihm waffenlos und er hatte noch keine gefährliche Wachmannschaft, oder gar Soldaten, ausmachen können. Es musste ein Leichtes für die in verschiedensten Guerillataktiken ausgebildeten Genossen sein, dieses Gebäude zu stürmen und ihn zu befreien.

Der Rädelsführer dieses Raumes starrte ihn gespannt an, in der Hoffnung, etwas mehr zu erfahren.

Doch Baptiste schwieg und wartete, wie der Professor darauf reagierte. Wer er wirklich war, würde dieser Handlanger der imperialen Verräter sowieso niemals ausmachen.

„Nun gut, dann verrate ich Ihnen, dass ich Ihren werten Namen schon selbst herausfinden konnte, denn man hat Ihre leibliche Schwester ausfindig gemacht –"

Baptiste schrie laut auf und lachte hysterisch. Wie konnten sie seine tote Schwester befragen? Gleichzeitig wurde er auch

wütend darüber, dass ihr heiliges Andenken von diesen widerlichen Handlangern herabgewürdigt wurden.
„Sie hat uns darüber informiert, dass Sie ein Kommissar wären und man Sie unter dem Namen Ferdinand Nepomuk Hofbauer kennt. Sie wären eines Tages verschwunden und niemand ahnte, warum und wohin, bis …“
Das musste ein Trick sein: Man hatte wohl seinen Decknamen in dieser vermaledeiten Gemeinde herausgefunden und glaubte nun, dass er wirklich so hieß, oder man stellte ihn auf die Probe und wollte ihn mit unangenehmen Erinnerungen aus der Reserve locken.
Baptiste sagte: „Das Leben eines einzelnen menschlichen Wesens zählt eine Million Mal mehr als all der Mammon des reichsten Mannes der Welt!“
Nonos Blut klebte auch an den Händen der Verräter in diesem Verhörzimmer, denn jeder, der die Obrigkeit vertrat oder unterstützte, hatte das Leben Unschuldiger auf dem Gewissen.
Professor: „Wieso haben Sie die Häuser so vieler unschuldiger Menschen in Brand gesteckt? Warum haben Sie so vielen Menschen im Wald aufgelauert und sie scheinbar grundlos gemeuchelt? Weshalb haben Sie, laut Ihrer eigenen Aussage, den ‚Circus Hannibal‘ in Flammen aufgehen lassen? All die Menschen und Tiere, die dabei ihr Ende fanden! – Widerspricht das nicht dem Ideal eines Revolutionärs, eines moralischen Menschen, als den Sie sich so gerne darstellen?“

„Von ‚grundlos‘, wie Sie meinen, kann keine Rede sein: Es waren die gemeinen Aggressoren, die UNS aus dem Hinterhalt aufgelauert hatten und uns mit Schüssen aus ihren Büchsen das Fell verbrennen wollten! Gewalt ist nicht das alleinige Monopol der Ausbeuter, auch der Ausgebeutete kann sie anwenden – wenn der Zeitpunkt gekommen ist! Das Gefühl zu revoltieren ist von Tag zu Tag gewachsen und wurde stärker und stärker – besonders auch bei jenen Lebewesen, die diese skrupellose Ausbeutung am schlimmsten erfahren mussten! Die Halsabschneider werden noch so weit gehen, dass selbst die Bäume ihre Wurzeln aus dem Boden reißen und uns attackieren – und zu Recht, denn die Rücksichtslosigkeit, die Unbarmherzigkeit, die Unverschämtheit, mit der man gegen die Unterdrückten, gegen die Tiere und selbst die Wälder vorgeht, ist unvergleichlich – bald wird die sogenannte Herrschaft erfahren, dass jeder Tropfen Blut, den sie vergießen, den sie ausbeuten, zu ihrem eigenen Blut wird; dass die Haut, die sie den Bären abziehen, letztendlich zu ihrer eigenen Haut wird; dass jeder Baum, den sie fällen, ihnen früher oder später zum Nachteil gereichen und zu ihrem Brett vorm Kopf wird. Die Ausgenutzten bäumen sich auf und werden vor nichts zurückschrecken! Die Tiere werden sich mit Gewalt zurückholen, was ihres ist! Der einzige Ausweg ist die totale Eliminierung der Ausbeutung, die Beendigung der Ausplünderung der Natur samt ihren Einwohnern, den Tieren!“

Konnte es denn wahr sein, dass dieser gewalttätige Verrückte eine so klare Idee verbreitete, die alles andere als verrückt, sondern in Wahrheit logisch anmutete? Schreiber und Professor blickten einander verunsichert an.

„Sie müssen diesen Gedanken aufgeben – Sie müssen sich aufgeben!“, schrie der Professor aufgebracht.

„NIEMALS!“

Professor: „Sie halten sich wohl für den großen Befreier, gar einen Revoluzzer, wenn ich das richtig verstehe?“

„Befreier?“ Baptiste lachte verächtlich auf. „Ich bin kein Befreier. Die Unterdrückten müssen sich selbst befreien! Die Revolution ist kein Apfel, der irgendwann reif vom Baum fällt! Man muss den Baum umhacken, um vom Apfel naschen zu können, bevor er von Würmern zerfressen ist und um hinterher auch noch Brennholz zu haben! Und am Ende gewinnt derjenige, der mit der hemmungslosesten Brutalität gegen seine Feinde vorgegangen ist; es gewinnt der, der keine Gefangenen macht und am Ende die Macht hat, die Geschichte umzuschreiben, sie neu zu verfassen; es gewinnt letztendlich der, der sich so weit entmenschlicht, dass ein Mensch nichts mehr gegen ihn ausrichten kann; dass ein Mensch nichts anderes mehr tun kann, als zu kapitulieren.“

Der Professor war alarmiert: Dieser Mann war wütend und zu allem bereit. Gab es noch mehr seiner Art? Er schwang nicht nur Reden, er hatte es ausführlich bewiesen, wie man an der

Spur von Blut und Verderben, die er hinterlassen hatte, erkennen konnte.
Er war nicht der Einzige, der aufbegehrte. Es war in Wahrheit auch wenig überraschend, dass die Kaiserstadt brannte, besonders seit der ungünstigen Propaganda gegen den Kaiser und all die Minister und Adeligen, die in den letzten Wochen und Monaten vorgeherrscht hatte – wahrhaft ausufernde Ausmaße hatte es angenommen! Gemeinsam ging der Pöbel brutal gegen die Obrigkeit vor, und der lange Arm der Exekutive schlug umso härter zurück. Wohin sollte das führen? Wann würde man wieder gefahrlos auf die Straße können? Wenn alle so dächten wie dieser verrückt gewordene Kommissar, kein Stein bliebe mehr auf dem anderen – es würde erst Ruhe einkehren, wenn der letzte Tropfen Blut vergossen war.
Doch in seinem blinden Fanatismus war dieser Verrückte um die Unterdrückten, die Tiere und die Wälder besorgt. Es handelte sich nicht um einen Massenmörder, der sich herauszureden, mit wahnsinnigen Geschichten zu rechtfertigen versuchte. Dieser Mann glaubte tatsächlich, die Menschen von der ausbeuterischen Staatsordnung befreien zu müssen. Hier saß eine gefährliche Mischung aus Ehrenhaftigkeit und revolutionärem Eifer. Hätte er die Möglichkeit, ließe er das Land in Schutt und Asche zurück. Selbst der Aufenthalt in dieser Anstalt blieb riskant, denn gelangten diese Reden – und so gut konnte man niemanden bewachen! – nach draußen, dann

würde sich seine Prophezeiung, nämlich eine gewaltvolle Befreiung durch andere Aufständische, bald bewahrheiten. Diese vermaledeite Kanonenkugel, die seine Zelle zerstört hatte, hätte nicht die Wärter, sondern ihn töten sollen.
Der Professor war außer sich, verstört, denn im Moment tat er sich selbst schwer mit der Grenze zwischen Realität und Illusion. Würden sie tatsächlich bald kommen und diesen aufrührerischen Verrückten, wie dieser behauptete, befreien und ein Blutbad anrichten?
Doch all das rechtfertigte nicht diese hemmungslose Gewalt, wie der Professor schlussendlich feststellte. „Man beißt nicht in die Hand, die einen füttert", sagte er. „Nun ist es gut, wir werden diese Unterhaltung ein anderes Mal fortsetzen. Man wird Sie zurück in Ihre Zelle bringen."
Es war dringend erforderlich, diesen Ferdinand Nepomuk Hofbauer mundtot zu machen, um weitere Gewaltexzesse im durchgebeutelten Kaiserreich zu verhindern – der Professor war überzeugt, eine fanatische Bestie vor sich zu haben.
Baptiste hingegen war nun sehr aufgebracht: „Als moralisch denkender und handelnder Mensch ist es meine Pflicht, zu verhindern, dass diese gegenwärtige Generation pervertiert wird! Und es ist von elementarer Bedeutung, die Pervertierung zukünftiger Generationen zu verhindern!"
Der Wächter zog an der Holzstange und zwang Baptiste, sich zu erheben, und er führte ihn hinaus auf den Flur, einen langen, weißen, kaum beleuchteten Gang entlang, bis sie an einer Tür

Halt machten. Ein anderer Wächter öffnete diese und man schob ihn in die Zelle, erleichtert, diesen Verrückten endlich los zu haben.
Baptiste schob seine gefesselten Hände durch einen Spalt in der Tür und man befreite ihn von seinen Ketten. Als er seine Arme zurückzog, stieß man ihm noch eine Schüssel Suppe hinterher und wollte mit diesem abgemagerten und verfilzten Delinquenten nichts mehr zu tun haben.

Die Tage vergingen langsam. Durch die Gitter am Fenster versuchte Baptiste, am Horizont einen seiner Bärenkameraden auszumachen. Wann sie wohl kommen würden? Oder werden sie ihn wieder, so wie in der kleinen Gemeinde, im Stich lassen und eigene Pläne verfolgen? Doch ohne seine Hilfe würde eine Bärenrevolution fehlschlagen, das wusste er und das wusste sicher auch Immanuel: *Deshalb ist es auch nur mehr eine Frage der Zeit.*
Die Schüsse, die Schreie, der Rauch, der die Kaiserstadt verhangen hatte – all dies war nur mehr eine beißende Erinnerung. Man hörte nichts mehr von Gewalt, von Chaos und Zerstörung. Und auch der Professor ließ ihn nicht mehr zu sich rufen.
Ein Alarm ertönte und Baptiste bereitete sich auf eine eventuelle Evakuierung vor. Die Zellentür öffnete sich plötzlich und zwei Wachmänner steckten ihn in eine der vom Professor angedrohten Zwangsjacken, die ihn sehr effizient von

Gewaltausbrüchen abhalten sollte. Man führte ihn zu dritt nach draußen: Sie verließen das Gelände der Anstalt und er wurde in eine feine Kutsche gestoßen, in der drei weitere, schwer bewaffnete Soldaten saßen.

Sie schassten durch den Morgen, als hinge ihr Leben davon ab: Durch das Fenster des Wagens beobachtete er mehrere Kavalleristen, die sie begleiteten. Bäume hetzten an ihnen vorüber. Am Kopfsteinpflaster wurde es sehr ungemütlich, der Lärm der Hufschläge hallte durch die leeren Gassen. Und er erkannte den Vorort, wo sie schließlich zum Stillstand kamen.

Ein Soldat riss die Tür der Kutsche auf und man schob Baptiste grob aus dem Wagen. Man begleitete ihn in ein Amtsgebäude, wo er im Kerker in eine Zelle geworfen wurde, ohne dass man ihm die Schutzjacke abnahm. Dann verließen die Wachmänner wortlos das dunkle Verlies.

Ein wenig Licht schien durch ein kleines Fenster im Gewölbe herein, so erahnte er nur das Ausmaß des einsamen Kerkers, der ihn sehr an von Lohengrins einfache Zelle erinnerte.

Ob ich jetzt doch in der Gülle absaufen werde?

Er ließ sich an einer Wand zu Boden gleiten und schlief erschöpft ein.

Man hatte ihm den Kopf geschoren. Irgendwann hatte man ihn auch von der Schutzjacke befreit. Manchmal hörte er eine Stimme, von der er sich sicher war, dass es sich um Immanuels handelte. Sie werden bald da sein, er solle durchhalten. Die

Kälte aushalten. Die Stille überwinden. Den Hunger erdulden. Was bleibt von einem Menschen, wenn man ihm alles nimmt bis auf das Leben? Bis auf die Ideen? Ist er dann noch ein Mensch oder darf er sich ein Idol wähnen?

Einmal am Tag kam jemand und sah nach ihm. Dann verkroch er sich in einer Ecke und schloss die Augen. Etwas Wasser und Brot wurden auch dagelassen. Man machte sich nicht die Mühe, ihm einen Priester zu schicken.

Ein Grollen drang zu ihm vor: *Die Bären, die mich befreien werden! Die Bärenrevolution nimmt ihren Anfang. Das kochende Bärenblut wird der barbarischen Herrschaft ein Ende setzen!*

Es öffnete sich die Tür und zwei Soldaten mit Fackeln betraten den Kerker. Dahinter schritt eine gut gekleidete Frau einher und sah sich aus Angst vor Ratten und Schaben angeekelt um. Als sie den Mann, der in der Zelle hauste, im gespenstischen Schein erblickte, stürzte sie an das Gitter und rief: „Bruder! Ferdinand! Bist du's wirklich? Lass mich dich anschauen!"

Baptiste öffnete seine Augen, denn er erkannte diese Stimme. Es war eine vertraute Stimme, die ihm in den letzten Jahren so sehr gefehlt hatte.

Er musste lachen: *Eine schöne Halluzination!* Ein wundervoller Traum, auf den er nicht einmal zu hoffen gewagt hatte.

DER AUFTRAG

Mit einem gezinkten Würfelspiel in den Hosentaschen, die Ärmel voller Asse und anderen edlen Spielkarten, betrat Baptiste schwitzend und breitbeinig, von der Gürtelrose aus dem letzten Geschlechterkrieg gepeinigt, die einzige Kaschemme am Rande des Dorfes. Der unbeschreiblich Übelriechende hielt kurz inne, dann stapfte er wenig beeindruckt und flott durch den unwirtlichen Gastraum zum Tresen, von leuchtenden Augen aus den finsteren Ecken beobachtet. Die auf dukatenschwere Freier wartenden Damen des Etablissements schienen uneins, ob die Gier nach Münzen oder der Ekel vor dem ungepflegten Unhold stärker war.
Überraschte Blicke zerschnitten den staubigen Raum. An den Wänden hängende ausgestopfte Tierköpfe zierten das trübsinnige Treiben. Man rülpste selig die Müßiggang-Hymne zu wehenden Alkoholfahnen. Verwelkte Wangen, verblühte Körper, von geilen Männern ausgesaugt, mit Geldstücken aufgewogen. Es juckte zwischen den Beinen, da konnte man nicht anders, als sich ausgiebig zu kratzen.
Leger lehnend teilte Baptiste seine langen wilden Haare und bestellte frischen Brombeersaft: Es war ja bekannt, dass der fürs Zahnfleisch gut war, wie er keck meinte. Ohne seinen Saft auch nur anzurühren, blickte er nun herausfordernd in die Runde, die sich am Kartenspiel verlustigte. Als er einen Haufen Gelder zückte, um sein Beerengesöff zu bezahlen, wurde echtes

Interesse geweckt – und man lud ihn ein an den Kartentisch. Er steckte seine teils falschen Geldscheine wieder in sein speckiges Hemd, setzte sich und gedachte, den vortrefflichen Rausch der anderen Spieler zu seinen Gunsten zu nutzen.

Eine der käuflichen Damen überwand ihren Widerwillen und verweilte an seiner Seite. Die Anordnung lautete, ihn direkt nach dem Glücksspiel zum Liebesspiel in ihr Gemach zu locken, um ihm die schwülen Scheine und glänzenden Gulden mit all ihrem gewerblichen Können wieder abzuluchsen. Die anderen Huren stierten erwartungsvoll auf die Spielenden – egal, wer gewinnt, solange er danach sein ganzes Geld an ihnen verprasste. Niemand durfte auch nur mit einem Groschen nach Hause gehen. Das war es, was der Besitzer der Kneipe, der auch am Spieltisch weilte und lange nicht so betrunken war, wie er tat, ihnen aufgetragen hatte. Die Kundschaft war dazu angehalten, ihr Geld zu verspielen, zu versaufen, in den Gemächern mit den leichten Damen zu verjubeln. Das war das Gesetz der Herrschaften: die Armen bis auf das letzte Hemd auszunehmen und sie dabei vortrefflich zu unterhalten. Ja nicht aufbegehren, immer schön brav barabern, um dann alles für die kleinen Freuden auf den Putz zu hauen. Arbeiten und die Fresse halten – Lesen und Schreiben sind ja überbewertet. In der Kirche glückselig beten und dann im Grünen bei einem gehörigen Absinthrausch herumkugeln. Ehre sei dem Winzer und seinem Sohn, dem Behütenden und Bestärkenden, im Wein auferstanden, von Ewigkeit zu Ewigkeit. Amen.

Konrad Wolfgang von Lohengrin, Kneipeneigentümer und gleichzeitig Oberhaupt der Exekutive dieses bescheidenen Vorortes, nicht unweit der prunkvollen Kaiserstadt gelegen, argwöhnte dem Herumtreiber mit der fetten Geldtasche und dem wilden Haar, gewiss, dass dieses Geld keinen rechtmäßigen Ursprung haben konnte – doch das war letztendlich egal, solange es am Ende des Tages in seinen ehrenwerten Besitz überging.

Man dübelte und rauchte, stieß sich Hochprozentiges in den Rachen, eher verärgert als belustigt, denn Baptiste, ein Könner dieser Spielart, hatte kein Mitleid mit Amateuren. Und wieder gewann Baptiste; ungewiss blieb, ob mit Gottes Hilfe oder mitunter einer kleinen Unterstützung aus seinen vollen Ärmeln – man munkelte schon, dass diese Glückssträhne nicht ganz mit rechten Dingen zugehen konnte. War er mit einer Hexe im Wald verbandelt?

Sein Gesicht war vom verlausten und zerzausten Haar verdeckt und man konnte seine Zunge beobachten, die gleichsam einem nassen Egel hervortrat und seine Lippen befeuchtete. Sein Gewinn stieg proportional zum Suff und zum Zorn seiner Mitspieler. Und als er die letzte Karte auf den Tisch knallte und mit einem „Na oisdann!" einen weiteren Sieg deklarierte, stand er auf, bedankte sich höflich und stopfte den seiner Meinung nach wohlverdienten Lohn in seine löchrigen Taschen. Mit einer tiefen Verbeugung empfahl er sich ausgiebig, gleichzeitig mit der größtmöglichen Naivität, als könne er selbst durch ein Schlangennest heil hindurchkriechen.

„Gratulation!“, meinte von Lohengrin schelmisch, nun mehr das Oberhaupt der Exekutive als Kneipeneigentümer. Seine besoffenen Mitspieler ärgerten sich grün und blau: Einer von ihnen erhob sich wütend und wollte sein Messer zücken, doch von Lohengrin deutete ihm, es besser stecken zu lassen, damit ihm nicht das blühen werde, was die grausame Zukunft für den geschickten Landstreicher auserkoren hatte. Die Metze, die sich bei Baptiste einhängen und ihn zu einem Schäferstündchen überzeugen wollte, ließ plötzlich von ihm ab – von Lohengrin hatte ihr zugezwinkert und sie verschwand wortlos in ihr Separee. Die anderen Weiber folgten ihr in das Gemach, wo sie in den Pausen rauchten und zu tratschen beliebten. Baptiste machte Anstalten, sich ihnen anzuschließen, doch sich der angespannten Atmosphäre gewahr werdend, stelzte er stolz, aber zügig zum Ausgang der Schenke und setzte zu einem Spurt in die benachbarten Wälder an.

Mittlerweile war es draußen dunkel geworden, deshalb bemerkte er auch nicht gleich die Männer, die vor der Tür auf ihn warteten und ihn anhielten. Er wehrte sich lautstark und schrie, was das denn solle, einem ehrbaren Bürger den Weg zu versperren. Kenne man nicht seine Bürgerrechte? Hatte man keinen Respekt vor den Gesetzen, auferlegt vom Kaiser höchstpersönlich?

Konrad Wolfgang von Lohengrin saß seelenruhig da und beobachtete gelassen den fluchenden Baptiste. Bei dem Wort „Ehrbar!“, lachte er erheitert auf.

Baptiste wurde von der exekutiven Übermacht festgehalten. Von Lohengrin machte sich auf und wühlte durch seine Taschen, um das gewonnene Geld zu konfiszieren. „Selbst deine Läuse am Kopfe sind ehrbarer als du, du Hund!“

Man riss ihm das Hemd vom Körper, aus dem ein paar Spielkarten flatterten.

„Sogar meine käuflichen Damen sind ehrenwerter! Das wird dich lehren, uns zu betrügen, uns für dumm zu verkaufen!“

Er deutete einem der Wachmänner, der sogleich seinen Gewehrkolben erhob und grob gegen Baptistes Haupt schlug. Dann noch einmal, da sich der am Boden Liegende noch rührte und stöhnte.

Von Lohengrin zählte seinen unfein erworbenen Gewinn und befahl seinem Sekundanten, den gemeinen Dieb einzusperren – am besten im Adamskostüm, da er sich sonst an seinem Gürtel oder Hosenbein aufhängen könnte. Das wäre dann ja nur der halbe Spaß. Und man schliff den Geschundenen durch das Dorf und schmiss ihn nackt in eine schimmlige Zelle.

Baptiste wurde durch die Gitterstäbe hindurch mit eiskaltem Wasser wach geduscht. Seine Zähne schlotterten, er musste mit aller Kraft zusammenbeißen. Er bemerkte Rot an seinen

Händen: Es rührte von der Wunde am Kopf, der ihm gehörig wehtat.

„Dass unsere Durchlaucht, der verehrenswerte Imperator dieses schmucken Kaiserreichs, solch bedauerliche Verhältnisse zulässt?“, fragte er laut vor sich her. „Doch in der Hofburg, oder in seinen Schlössern, stehen ihm wohl andere Sorgen zu, als sich um die hygienischen Zustände der Gefängnisse zu kümmern. Während er seine Pfauenzünglein nascht, denkt er eben nicht an die armen Leute, die frieren und in ihrem eigenen Kot sitzen, ungerecht behandelt, ausgebeutet und gefoltert werden.“

Dumpfes Dämmerlicht erreichte seine Zelle. Das Gestöhne aus den weitläufigen Gängen ließ nichts Gutes erahnen. Dann ein schriller Schrei, anschließend ein Ächzen und Grunzen, als hätte man dem Schreihals die Zunge aus dem Maul gerissen. Und diese furchtbaren Laute blieben beharrlich. Hunderte andere schienen zu erwachen, ebenso geschändet. Wenig Licht, nur Greinen, ein gelegentlicher Aufschrei: Das waren die Zustände, in denen Baptiste für ungewisse Zeit sein Leben verbrachte. Nur an seinem Bartwuchs konnte er die Dauer seines Aufenthalts abschätzen. Manchmal, wenn er in der Dämmerung erwachte, dann warteten da ein schimmliges Brot und ein Schluck verdorbenes Wasser in einer Schüssel, als wäre er ein räudiger Hund, der sich für nichts zu schade war – dann aber lieber hungern, als sich zu Tode koten.

In der Ecke türmte sich schon der Schmutz auf dem Stroh, der zu diesem Zwecke verstreut, aber nicht entfernt oder ausgetauscht wurde. Gegen Gestank war Baptiste glücklicherweise gefeit.

Der Wahnsinn schlich langsam in seine Zelle und das monotone Stöhnen machte ihm furchtbare Angst. Ratten besuchten ihn häufig und erzählten ihm von draußen. Für lange Zeit sah er niemanden, hörte, spürte beinahe körperlich dieses furchtbare Stöhnen, das sich durch die unsichtbaren Gänge und Wände zuerst auf seine Ohren, dann später auf die durchgefrorene nackte Haut legte. Manchmal zog er an seinem Bart oder den Haaren, um sich zu vergewissern, dass er noch lebte. Ohne Sonne schien das Leben sinnlos. Das trockene Brot mit der grünen Kruste lockte ihn. Die Ratten erzählten, sie würden bald kommen, um ihm die Zunge aus dem Maul zu fressen.

Schließlich fiel er in einen Schlaf, der ewig anzudauern schien.

Von draußen drang lautes Geschrei an seine Ohren: Man wollte ihn bestrafen, ihn ordentlich stäupen, ihn schließlich hängen sehen! Der gemeine Pöbel dürstete nach seinem Blut! *Komm ich jetzt an den Pranger? Diese Feiglinge! Was sind das für Scheusale, die sich an dem Tod eines Schwachen, Nackten ergötzen?*

Zwei Wachmänner kamen, schlossen die Zellentür auf und fesselten zuerst seine Hände, dann seine Beine, um die Knöchel herum, damit er sich seiner Strafe nicht entziehen konnte.

Wollten sie ihm wegen ein wenig Glücksspiels, bei dem er nicht einmal betrogen hatte, gleich den Hals lang ziehen? Oder schlimmer: ihm mit ein paar Rädern die Knochen brechen? Gab es das Bäckerschupfen auch für Falschspieler? Oder wollten sie ihn wie unseren Herrn Jesus Christus kreuzigen?
Doch es kam ganz anders: Man hatte ihn aus dem Ort an einen Bauernhof am Waldrand gebracht, wo der Pöbel wartete und johlte und sich auf das freute, was nun kommen sollte. Frauen, Männer, Kinder und ihre Hunde standen an der Grube. Auch Konrad Wolfgang von Lohengrin war anwesend und grinste breit, während man Baptiste an den Rand der Grube führte.
„Weißt du, warum du hier bist? Na, weißt du es?“ Baptiste wagte es nicht, zu antworten.
„Früher“, sagte von Lohengrin lauthals, „hat man bei Kerlen wie dir, du Betrüger und Falschspieler, das Blut in heißem Öl zum Sieden gebracht. Meine Männer hatten so große Lust, dir die Daumenschrauben anzulegen, dir die Fingernägel zu pflücken oder an dir mit ein paar Ratten zu spielen. Doch so sind wir nicht – wir sind ja nur einfaches Landvolk, nicht die unfehlbare Inquisition. Die Strafe wird jedoch angemessen sein, das sei gewiss, du Strolch! Ich werde dich lehren, was passiert, wenn man einfache, ehrliche Menschen zu betrügen gedenkt. Der Herzog, da oben auf der Burg“, und er deutete auf das betürmte Mauerwerk in den Hügeln hinter sich, „wäre gerne bei deiner kleinen Bestrafung dabei gewesen, doch er bewirtet gerade die Soldaten Napoleons und muss sich nun um

Schnecken und Froschschenkel kümmern – die Ratten und Läuse überließ er wohl mir. Aber sei's drum, es wird sicher wieder einer deiner Art durch unsere Gassen schlüpfen und, so wie auch du, unserem Sinn für Ordnung und Gerechtigkeit nicht entkommen können. Na oisdann!", äffte er und lachte spöttisch auf.

Man stieß Baptiste einfach in die Grube hinein, nachdem man ihm die Handfesseln aufgeschnitten hatte. Der Pöbel jubelte und jauchzte, so mancher gab einen Schuss aus seiner Flinte ab und lachte. Die schlammartige Jauche, in die Baptiste kopfüber fiel, gab sogleich unter ihm nach und sein Körper begann langsam zu sinken. Der abartige, überwältigende Gestank raubte nun sogar ihm den Atem, er spuckte und spie und wirbelte mit seinen Armen herum. In dem ekelhaften Schnodder planschend versuchte er, am Gestein und Wurzelwerk des erdigen Grubenrandes Halt zu finden. „Das ist, was so widerlicher Abschaum wie du verdient hat! Es ist ein gebührliches Grab für einen betrügerischen Scheißhaufen wie dich!"

Baptiste hörte und sah die Menschen lachen, doch es dünkte ihn wie das Grunzen von Schweinen, die sich am Unrat ergötzten. Eine sich labende Armee von Tausenden Schmeißfliegen legte sich wie ein Nebel über ihn. Die vom Ammoniumdunst hervorgerufene Atemlosigkeit machten ihn benommen, erstickten ihn langsam – er fand keinen Ausweg aus dieser abscheulichen Situation. Er würgte, doch das andauernde Einsaugen von Luft hinderte ihn daran, sich zu übergeben. In diesem kleinen Bereich, wo er der angeblichen Gerechtigkeit zugeführt wurde, war die Menschlichkeit ausgehebelt und durch etwas anderes, Unwürdiges, ersetzt.

Ein plötzlicher Schuss fiel und schlug knapp neben Baptiste, der schon mehr im Jenseits als im Diesseits trieb, in der erdigen Grubenwand ein. Der Pöbel grölte und jauchzte ausgelassen vor Begeisterung. Wäre der Gestank nicht so widerlich gewesen, man hätte zur Feier des Tages ein Spanferkel über dem Feuer gedreht und es verzehrt, während man sich an dem Gepeinigten belustigte und mit Wein berauschte. Eine fantastische Jahrmarktsattraktion!

Jäh bemerkte Baptiste eine Flüssigkeit, die von oben auf sein Haupt tröpfelte: Doch war es kein Wasser, das da sprudelte, sondern der Urin eines kleinen Buben, von seinem großen Bruder angestiftet, in die ekelhafte Grube zu pinkeln. Tosender Beifall von den Umstehenden. Der Urin reinigte Baptiste das Gesicht und er würgte erneut, kniff die Augen fest zusammen und spuckte Mageninhalt. Langsam, aber sicher ließ seine Kraft nach und er sank tiefer in die furchtbare Gülle.

Plötzlich wurde ihm klar, dass das alles gar nicht wahr sein konnte. Ein Traum musste es sein, nichts weiter als eine Illusion, geboren aus seiner Fantasie, gleichsam einer abscheulich entstellten Missgeburt. Aus seinen Augen projizierte Visionen, ausgelöst von verabreichten Halluzinogenen – hatte ihm ein Schamane Gift ins faulige Wasser geträufelt? Lag er in Wahrheit noch in seiner Zelle oder ruhte er noch beim Frauchen, das er vor Kurzem geliebt hatte? Wieso konnte er nicht endlich aufwachen, wie in den Träumen kurz vor dem Tode? *Es ist ein Traum – es ist ein Traum – ES IST EIN TRAUM!* Ein entsetzlicher Aufschrei und das Strampeln mit allerletzter Kraft ließen ihn gerade noch überleben. So zu sterben macht das vorher Gelebte überflüssig. Niemand konnte sich sein Ende so unrühmlich vorstellen, kein Schriftsteller würde solch ein Ableben eines seiner Protagonisten erfinden – so grausam war nur die Wirklichkeit. So widerlich waren wahrhaftig nur Menschen. *Kein Tier lässt dich zum Spaß so leiden!*

„Wir wollen mal nicht so sein“, röhrte nun von Lohengrin frohgemut, „und wir geben einem Unhold wie dir noch eine letzte Chance.“

Man ließ ein Seil in die Grube fallen und Baptiste griff verzweifelt danach. Langsam zog einer der Bauern den Jauchigen aus dem verpesteten Loch, bis er wie ein frisch gefangener Fisch in der Luft hing und mit seinen noch gebundenen Beinen zappelte. Der Pöbel triumphierte belustigt zum unterhaltsamen Schauspiel. Die Bauern, die ihn herauszogen, erhielten ein Zeichen vom Exekutor und ließen das Seil wieder los, sodass der bedauernswerte Baptiste wieder in die Grube daniederfuhr. Diesmal hörte er das Lachen der Leute nicht, denn seine Ohren waren mit Gülle verklebt. Mit letzter Kraft konnte er sich noch einmal an die Oberfläche heben. Sein Überleben wurde vom Hass genährt. Er spuckte aus und wischte sich den Schmutz aus dem Gesicht.

Vertriebene Fliegen landeten kurz darauf wieder auf ihm. Ein toter Hund trieb neben ihm in der Jauche, von der Natur halb verdaut.

Wieder fiel das Seil neben ihn in den schwimmenden Kot. Er hielt sich mit allerletzter Kraft daran fest und die Bauern zogen ihn schließlich heraus. Während er so in der Luft hing, betrachtete man neugierig seinen schmutzigen, aber kräftigen Leib, von dem nun die braune Jauche tropfte. Man war betrübt, dass es vorbei war.

Dass man einen Menschen so quälen muss?

So zu fragen gedachte niemand, man war mit Heiterkeit beschäftigt. Diese Geschichte würde sich noch lange halten, pflanzte sich vielleicht bis in die Kaiserstadt fort. Dort liebte man die derben Sensationen, vielleicht schrieb sie auch einer dieser Schmutzfinke nieder.

Konrad Wolfgang von Lohengrin befahl den Bauern, das Seil fest anzubinden, während Baptiste noch in der Luft hing und sich am rutschigen Seil festkrallte, so gut er konnte. Das war nicht einfach mit gebundenen Beinen.

Dann sprach von Lohengrin folgendermaßen zu ihm: „Ich habe da eine Idee! Wir haben ein Problem, bei dem du uns vielleicht helfen könntest: In der Gegend lebt ein recht gemeiner Bär, der uns in unregelmäßigen Abständen des Nachts überfällt. Wenn du uns seinen Kopf bringst, lassen wir dich leben. Wenn nicht, werden wir dich jagen und finden und dich hier in der Jauche begraben. Bist du erfolgreich, hast du nichts mehr zu befürchten – im Gegenteil! Man wird dich als Held feiern! Denn dieser Bär … er ist so hemmungslos, wie er grausam ist. Nicht einmal vor der Wiege macht er halt – er muss erledigt werden!“

Baptiste konnte sich nur schwer konzentrieren, während er spuckte und sich festhielt.

„Was meinst du, sind wir im Geschäft? So ein verlauster Junge wie du weiß doch bestimmt, wie man wilde Tiere zur Strecke bringt. Du bist doch selbst so ein wildes Tier, habe ich nicht recht? Einen Bären zu jagen, wird ein Leichtes für dich sein.“

Baptiste hätte in diesem Moment allem zugestimmt: Er hätte vor Gott und vor der ganzen Welt bezeugt, kein Mensch mehr, sondern in Wirklichkeit ein Affe zu sein. Selbst im Wald zu erfrieren und von Wölfen und Bären gerissen zu werden, dünkte ihm ein sinnvollerer Tod, als hier in der Jauchegrube zu verenden. Er nickte zustimmend und würgte und man zog ihn nun endlich vollständig aus der Grube. Der Gestank, der von ihm ausging, war unerträglich.

Konrad Wolfgang von Lohengrin hieß den johlenden und grunzenden Pöbel, nach Hause zu gehen und keine Amtshandlung zu behindern. Schließlich wurden die Leute mit Schüssen und Bedrohungen fortgejagt und sie stoben wie ein aufgeschreckter Vogelschwarm auseinander.

„Dieser Bär“, meinte von Lohengrin, „reißt unsere Schafe, stielt Hühner und dringt in Häuser vor, wo er Menschen anfällt. Obwohl unsere Männer ausschwärmten, fanden sie nichts außer frischen Fährten. Aber wir wissen, er muss noch in der Umgebung sein. So ein dreckiger verlauster Dieb wie du weiß doch, wie seinesgleichen denkt. Wenn du ihn findest, dein Wissen zu seinem Aufgreifen führt, oder du ihn gar eigenhändig tötest, lassen wir dich nicht nur leben, du bekommst auch den Gewinn, den du uns so räuberisch abgenommen hast, noch dazu. Im Dorf wirst du ein Held sein, das garantiere ich dir!"

Baptiste kam langsam wieder zu sich. Er biss in die Erde, um den grauenhaften Geschmack vom Gaumen zu schälen. Luft erfüllte seine Lungen und verdrängte den Ammoniumtod. Die Fliegen akzeptierte er als notwendiges Übel, über den Rest setzte langsam die Gleichgültigkeit ein.

„Zuletzt riss der Bär ein Schaf auf diesem Hof, er wird also hier in der Gegend sein. Denk aber nicht, dass du entkommen kannst. So ein Bär ist Meister der Tarnung, du hingegen stinkst mehrere Meilen gegen den Wind und selbst ein versoffener Wachsoldat wird dich mit Leichtigkeit stellen können. Und dann sehen wir alle zu, wie du in dieser Jauchengrube absäufst – ein unrühmliches Ende für einen so geschickten Falschspieler wie dich. Zugegeben, ich hab wirklich keinen deiner Tricks bemerkt, und wenn ich es nicht besser wüsste, man hätte wirklich glauben können, du erwarbst dein Geld auf ehrliche Weise. Aber Ehrlichkeit liegt dir nun mal nicht im Blut, und Glück hat so ein verlauster Junge wie du sowieso nicht. Quod erat demonstrandum. Jetzt lauf und hol uns den Bärenkopf, bevor ich mir deinen ausgestopften Schädel über den Kamin hänge."

Baptiste lag auf dem Bauch, nach Luft schnappend. Man zerschnitt seine Fußfesseln, die rot ihre Male hinterließen. Er erhob sich, machte ein paar Schritte, stolperte und fiel hin. Nur kurz blieb er liegen, dann stemmte er sich mit aller Kraft noch einmal hoch und galoppierte davon. Der dunkle Wald verschlang den Jauchegemarterten, und von Lohengrin war sich gewiss, dass er nicht einmal diese Nacht überstehen werde, und – wenn er nicht in den Klauen von Bären oder Wölfen landete – doch zumindest erfrieren musste. Ihn selbst hinzurichten, bedeutete nur, eine mühsame Bürokratie- und Verwaltungsmaschinerie zu betätigen und sich bis ins unendlich kleinste Detail erklären zu müssen – damit war niemandem geholfen. Sich für solch einen Streuner ungeliebte Arbeit aufzuhalsen, hielt er für Zeit- und Energieverschwendung. Zufriedenheit war das Wort, das von Lohengrins Zustand nun am besten beschrieb. Der Gerechtigkeit war Genüge getan, der Pöbel war belustigt und gleichzeitig gewarnt. Der Bär würde ihnen auch noch vor die Flinte kommen. Das Leben war voller Erlebnisse, die ihresgleichen suchten. Jeder Tag war es wert, gelebt zu werden, wenn man für die Gerechtigkeit einstand. Und langsam starb das Gemeine, das Böse, das Verbrechen. Und der Mensch wuchs über sich hinaus, zu einem höheren Wesen, ein Wesen Gottes, näher ans Ideal heran.

Baptiste taumelte durch den Wald und es kam ihm langsam zu Bewusstsein, dass er sich in der nächsten Zeit auf keinen der Straßen nahe der Hauptstadt blicken lassen dürfe. Er musste die Zivilisation meiden, soweit es ging.

Seine Wunden brannten schmerzhaft, waren von der Jauche entzündet. Er fror abscheulich und wusste nicht, was er tun sollte. Gegen einen Bären zu kämpfen schien absurd. Dann lieber abhauen und sich nie wieder hier blicken lassen. Er wusch sich die geröteten Blessuren mit Schneeschmelze und die Kälte tat den brennenden Wunden gut.

Von Lohengrins wundersame Angebot kam ihm sonderbar vor, gleich einem Untertitel zu der bizarren Situation, nur zu dessen Belustigung ausgesprochen. *Ja nicht wiederkommen!* – das war es, was Baptiste zwischen von Lohengrins gesprochenen Zeilen durchgehört hatte: *Wenn wir dich hier noch einmal erwischen, fährst du für immer in die Jauchegrube hinab!*

Das eben Erlebte überschlug sich in seinem Kopf. War sie wahr gewesen, diese unmenschliche Groteske? Elementarer Zorn schoss ihm durch den nackten, gedemütigten Körper, hätte ihn zu unglaublichen Untaten befähigt: So wird man zum Tier gemacht! Zurücklaufen und Schädeldecken zertrümmern, Eingeweide aus den Körpern des Pöbels reißen, die Häuser der schweinsköpfigen Bauern anzünden und beim Anblick ihrer brennenden Kinder genüsslich die Tränen des Leides von ihren Wangen lecken. Von Lohengrin mit bloßen Händen erwürgen, bis dessen Hals aufplatzte, und ihm am Halswirbel das Rückgrat aus dem Körper ziehen, wie die Gräten eines frisch gebratenen Saiblings.

Baptiste war eine Zeit lang Mitglied der Räuberbande des Pierre de Coquillard gewesen: Pierre der Rote, wie man ihn nannte, aufgrund seines roten Schopfes, dem man ihm schor, bevor man ihn an den Galgen geknüpft hatte. „Ich bereue nichts!“, hatte er bei seiner Hinrichtung geschrien. Die Frauen waren vor den Scharfrichter getreten und hatten bei der Bibel bezeugt, dass er des Nachts bei ihnen gelegen hatte und unschuldig war. Doch es hatte nichts genutzt – einen Kopf kürzer haben sie ihn gemacht und die Mitglieder der Räuberbande zerstreuten sich in alle Himmelsrichtungen. Sie sangen zu seinen Ehren frisch komponierte und frech getextete Balladen; sie schworen einander, ihrem Kodex für immer treu zu bleiben, nämlich Kameradschaft und Edelmut auch in den schwierigsten Situationen zu pflegen.

Und was würde nun Pierre der Rote machen, so nass und nackt, allein im Wald? Was bleibt von einem Menschen, wenn man ihn so zurichtet? Sollte er zurück und Rache nehmen? Den dummen Bauern das Fell über die Ohren ziehen? An den fiesen Exekutor seine eigene Jauche verfüttern? Vielleicht – aber nicht im Moment. Jetzt musste man darangehen, zu überleben, die Scham zu überwinden. Und wieder ein Mensch werden.

Baptiste breitete sich auf einer kleinen Lichtung aus und ließ sich, so gut es ging, von der Sonne trocknen. Danach suchte er nach Beeren und anderen essbaren Dingen, überquerte einen

Hügel und entdeckte eine kleine rustikale Siedlung. Zivilisation, die wohl noch nichts von seiner Unbill gehört haben konnte.

Baptiste dachte: *Weder unser lieber Gott noch der allmächtige Kaiser scheren sich um das gewöhnliche Volk. Der Pöbel ist dumm vor Angst und die Professoren der Mathematik und Astronomie leben in ihrer eigenen Welt. Die Räuber und Soldaten gehorchen ihren Trieben, wie die wilden Bären im Wald. Wenn man sich an nichts bindet, ist man verloren. So sagt man ehrfürchtig, aus Angst vor der Einsamkeit.*

Und doch, es war ihm über die Jahre gelungen, allein gut über die Runden zu kommen, ohne einem Armen etwas zu stehlen. Sicher, manchmal wurde einer abgekehlt, um sich einen kleinen Luxus zu leisten, aber er hatte es wohl verdient gehabt. Er verlangte nicht mehr als einen Tisch und ein Bett, und manchmal etwas süßen Wein und einen saftigen Braten, mit einem wunderbaren Weibchen geteilt – danach war er wieder verschwunden, als wäre er niemals da gewesen. Allein die süßen Erinnerungen an die Weiber, die er mit seinem Charme beglückt hatte, ließen ihn dort, wo er doch niemals wirklich gewesen war, weiterleben. Anschließend versuchte er an einem anderen Ort sein Glück. So wie in diesem vermaledeiten Dorf, wo ihn das Unglück schließlich eingeholt hatte.

Hinter einem Gebüsch lauernd beobachtete er eine Magd, die gerade frisch gewaschene Wäsche in den Wind hing und die lustig gackernden Hühner fütterte. Sie sang dabei mit ihrer angenehm hellen Stimme ein liebliches Lied. Wie hübsch das war!

Er hatte lange niemanden singen gehört! Damals, bei Pierre, da wurde viel geraubt und gemordet, aber auch viel gelacht und gesungen. Der bezaubernde Gesang erinnerte ihn an diese Momente und Melancholie trübte seine Sinne. Aber es machte ihm auch wieder Mut und er legte sich ins Gras, um sich auszuruhen, bevor er sich an den noch feuchten Gewändern und einem dieser fröhlich gackernden Hühnchen zu verlustigen gedachte. Danach würde ihn diese gottverdammte Landschaft nie wieder sehen.

Eine Fliege, die ihn an der Nase kitzelte, weckte ihn aus dem kurzen Schläfchen. Oder war es der kühle Wind, der über seinen nackten Körper streifte und ihn frösteln ließ?

Die Abenddämmerung war beinahe vorüber, es galt nun, schnell zu handeln, bevor er in der Dunkelheit nichts mehr zu erkennen vermochte.

Er kletterte durch den Busch und schlich geduckt über eine schmale Wiese, die an einer steinernen Mauer bei dem kleinen bäuerlichen Anwesen endete. Knapp hinter der Mauer flatterte die Wäsche im Wind zum Trocknen. Rechts von ihm vernahm er die gackernden Hühner in ihrem Stall. Es leuchtete kein Licht in der Behausung, Totenstille, bis auf die Bäume im Wind.

Vorsichtig lugte Baptiste um die Ecke in den Wäschegarten und griff nach einem grünen Stoff, den er sich sogleich überzog, um seine Nacktheit zu bedecken.

Himmelherrgottnocheinmal! Ein weibisches Kleid, wohl das der schlanken Magd! Ist es denn nicht genug, entzündete Wunden zwischen den Beinen zu haben? Musste ich jetzt auch noch wie ein Frauenzimmer herumlaufen und mich noch schlimmer blamieren? Sei's drum, besser so, als zu frieren.

Doch das Unheil nahm weiter seinen Lauf: Während Baptiste versuchte, sich an den Hühnerstall heranzupirschen, brachte ein jäher Krach von berstendem Holz die Hühner zum schrillen Gackern. Der Hahn krähte, als wäre plötzlich der Morgen hereingebrochen; der Hofhund, an ein Seil gebunden, erwachte von dem Lärm, bellte los und zerrte wie toll geworden am Seil. Zu all dem Übel kam nun der alte Bauer mit einer Mistgabel aus dem Haus und lief mit Gebrüll auf ihn zu.

Es blieb keine Zeit zum Überlegen: Er musste sich zurückziehen, um nicht als Spanferkel zu enden. Ade, gebratenes Hühnchen! Er hechtete über die Steinmauer und lief wieder zurück in den schützenden Wald. Der Bauer warf seine Mistgabel nach ihm, doch vergeblich: Baptiste war zu flink für den Alten, der ihn verfluchte, und er verschwand hinter einem Vorhang aus grünem Blätterwerk.

Baptiste verstand nicht, was da vorgefallen war: Hat eine höhere Macht den Hühnerstall überfallen und den Wachhund geweckt? Und er ärgerte sich über den lächerlichen Anblick, den er in diesem Weiberrock abgab.

Die Bäuerin saß am Fenster und erschrak, als sie einem fliehenden Bären auf der anderen Seite des Hühnerstalls nachblickte. Weiße Federn und blutige Hühnerteile lagen überall im Hof verstreut. Dann war auch der Bär in den

Wäldern verschwunden und nur mehr die gemetzelten Hühner bezeugten seine kurze, aber rabiate Anwesenheit.

Baptiste seufzte: *Jetzt war es schon ein Glück, einfach nur zu überleben!* Wo er doch früher so wunderbar geschmaust und sich den Magen mit Wein und Schweinshaxe gefüllt hatte. Nun musste er eine weitere Nacht hungern; sich ein Nachtlager zu suchen und ein Feuer zu machen, so nahe an seinen Feinden, dünkte ihn keine gute Idee. Schnell und weit weg zu fliehen war momentan die einzig erstrebenswerte Handlung. Musste er sich geschlagen geben?

Mein Leben gleitet mir langsam aus den Händen!

In Pierres Räuberbande hatten sie oftmals im Wald übernachtet, doch das war lange her – nun war er es gewohnt, des Nachts mit einem geilen Weib im luftigen Federbett Haut an Haut zu kuscheln. Der kalte Erdengrund war jetzt gerade gut genug. *Im Weiberrock muss man ja auch Unglück haben*, dachte er, kurz bevor er einschlief und unruhig vom letzten Abenteuer träumte.

Pierres Worte geisterten in seinem Kopf: „Die Welt an sich, in der wir leben, die wir sehen, riechen, schmecken, hören, fühlen – durchwandern! Diese Welt hat nichts mit der Welt des Geistes zu tun, wo jedes Wort an ein bestimmtes Bild im Kopf gekoppelt ist, und somit eine vollkommen andere Welt, eine unzureichende Gedankenwelt, darstellt. Jeder von uns spricht, so gesehen, eine andere Sprache, denn wir haben alle zu jedem Wort ein anderes Bild im Kopf. Wir beschreiben die eine notdürftige Welt mit einer anderen, noch unzulänglicheren.

Keiner versteht den anderen, und man stößt einander in fürchterliche Abgründe der menschlichen Seele. So ist die grausame Welt, in der wir leben, oder besser gesagt: überleben."

DER BÄR

Natürlich begann es just in dieser Nacht zu regnen.

Baptiste erwachte halb erfroren und suchte sich im Vollmondschein ein lauschiges Plätzchen, das nicht so sehr vom Regen durchtränkt war. Doch so abgekämpft, dass es ihm nun egal war, wo er lag, schlummerte er noch bis zur Morgendämmerung im geschützten Dickicht. Der durchnässte Stoff klebte ihm unangenehm kalt auf der Haut. Er riss sich den Weiberrock vom Leib und wollte gerade den schmuddeligen Fetzen an einen Baum hängen, als er plötzlich im Unterholz ein lautes Knacken vernahm. Wölfe, dachte Baptiste zuerst, dann: Ein Bär! Und da erblickte er ihn auch schon, wie dieser erhaben durchs Buschwerk trabte. Adrenalin schoss Baptiste durch den angespannten Körper. *Der Bär!*

Auch der junge Bär erstarrte, sich Baptistes Anwesenheit gewahr.

Es war allgemein bekannt, dass man sich tot stellen soll, wenn man in kurzem Abstand und unbewaffnet auf einen Bären trifft. Sich fallen lassen und hoffen, dass man ignoriert wird. Weglaufen glich einem Todesurteil.

Was blieb ihm noch? Waren dies seine letzten Atemzüge? War das nun das unrühmliche Ende Baptistes, berühmt unter verschiedenen Namen an mannigfachen Orten auf dieser weiten Welt? Vor wenigen Tagen war er noch in den Daunenfedern nebst einem blonden Engel erwacht, heute stand er hier nackt, pitschnass, mit einem Damenfummel in der Hand, vor einem mordlustigen Bären.

Da bemerkte er an dem Bären Federn, wie man sie für gewöhnlich an Hühnern fand: Jetzt wusste er, wieso sein gestriger Überfall missglückt war! Baptiste schäumte vor Zorn, brennende Lava durchflutete seinen Körper. Die Wut auf alles und jeden kulminierte in einem Schrei, mit dem er sich blindlings auf den Bären stürzte. Was war das Leben im Weiberrock noch wert? Gejagt von den Soldaten des Kaisers, angestiftet durch diesen Konrad Wolfgang von Lohengrin, verblieb sowieso nicht mehr viel Zeit, bevor er wieder in der Jauche oder, noch besser, am Galgen landete. Da blieb ihm nur noch, wie ein Mann von dieser Welt zu gehen: *Ein Mann, der sich einem Bären stellt; ein Mann, der das Unmögliche wagt, ohne lange zu überlegen; ein Mann, der als Held lebt oder als Idiot stirbt. In Wahrheit kann man nur so in den Krieg ziehen – mit geschlossenen Augen und ohne nachzudenken!*

Der junge Bär, vollkommen überrascht von diesem wahnsinnigen Nackten, bekam ein paar Prügel ab, bis er mit seiner Pranke ausholte und Baptiste mit einem Schlag ins Gebüsch schleuderte. Auf seinen Hinterbeinen aufgerichtet, brüllte der Bär und Baptiste stürzte sich tolldreist von hinten auf dessen pelzigen Rücken, schlug ihm mehrmals auf den Kopf, biss zu, bis er Blut schmeckte – der Bär schrie auf und buckelte wie ein wilder Hengst. Wieder fiel Baptiste ins Grüne, diesmal nicht so weich. Doch die paar Abschürfungen hielten

ihn nicht ab: Er wollte den Kopf des Bären, um ein für alle Mal seine Ruhe zu haben. Das würde den Pöbel sicher beeindrucken: ‚Baptiste der Bärentöter', würde man ihn dann heißen!
Doch das war nur der irre Traum eines Hysterischen, denn einen Bären mit bloßen Händen zu erlegen, blieb auch für ihn unmöglich. Als er wieder ins Moos geschleudert dalag, nutzte das wilde Tier seinen Vorteil und stürzte sich auf Baptiste. Dieser trat panisch auf den Bären ein, der sogleich aufbrüllte, da es ihn schmerzhaft auf der Schnauze traf. Baptiste nutzte diese Ablenkung und warf sich wieder auf ihn, schlug weiter auf dessen Kopf ein – doch nach einiger Zeit verließ Baptiste die Kraft, und er ahnte: Sein letztes Stündlein hat geschlagen.
Das war nun der furchtbare Exitus: ein Bärenmagen als Grab, anschließend als Dünger in die Erde. Außer Atem lag er im braunen Blätterwerk, nachdem er nochmals von dem wilden Bären ins Laubwerk geschleudert worden war.
Baptiste traute seinen Ohren nicht: Nun glaubte er wahrhaftig dem Wahnsinn verfallen zu sein. War das Wirklichkeit oder träumte er? Der Bär sprach mit einer dunklen, brummigen Stimme: „Ich habe nun keine Lust mehr!" Dann weiter, dass ihm der Kopf schmerzte: Er wäre des Kampfes müde und durstig. Ob seine Durchlaucht eine Wasserstelle wüsste, seine Wenigkeit irrte schon ewig durch diese Gegend, ohne Wasser gewittert zu haben. Bisher, so der Bär, habe er nur am Moos geleckt und aus schmutzigen Regenpfützen getrunken.

Ein Bär, der seinen Gedanken in gesprochenen Worten Ausdruck verleiht? Oder bin ich es, der nun die wilden Tiere versteht?

Obwohl die Sache sichtlich nicht mit rechten Dingen zugehen konnte, nahm er diese absonderliche Tatsache und neue Fähigkeit recht schnell hin. Das Leben war voller Verschrobenheit und Wahnsinn, warum nicht auch das? Außerdem hatte er schon oftmals von Verwirrten gehört, die sich plötzlich mit Tieren verständigen konnten; es war also nicht unmöglich, wie es schien, auch wenn es im Moment nicht zu erklären war, wie er dachte.

Das Adrenalin hatte nachgelassen, nun tat ihm alles weh. Ein Zeichen dafür, dass er noch lebte und nicht in der Hölle einem Bären – einem ZerBÄRrus sozusagen – begegnet war.

„Sie wollen sich hoffentlich nicht weiter mit mir prügeln", meinte der Bär enerviert. „Ich hab euch Menschen so satt, ich reiß Ihnen Ihren Kopf ab, wenn Sie nicht aufhören, mich zu verdreschen. Zeigen Sie mir lieber, wo es Wasser gibt, denn es dürstet mich furchtbar. Dann sind wir Freunde und das Leben geht weiter."

Baptiste: „Ich kenne einen Wasserfall und einen Bach, nicht unweit von hier. Wäre das dem Herrn Bär genehm?"

Immanuel: „Herr Bär? Man nennt mich Immanuel, Sohn der Esmeralda aus den böhmischen Gefilden."

Baptiste: „Immanuel. Immanuel Bär?"

Immanuel: „Nein, nur Immanuel ist mein werter Name. Vielleicht noch: Immanuel aus Böhmen, obwohl ich nicht genau weiß, ob ich dort wirklich das Licht der Welt zum ersten Male erblickte, denn davon hat mich meine selige Mutter niemals unterrichtet, bevor diese vermaledeiten Menschen sie dahingeschlachtet haben. Und wie will Eure unbefellte Durchlaucht genannt werden?"

„Baptiste" – kurz und bündig, als müsste jede gesprochene Silbe in Golddukaten aufgewogen werden.

„Baptiste Mensch?"

Er musste lächeln: Ein Bär mit Sinn für Humor.

Am Wasserfall tranken sie, badeten und kühlten sich ihre Blessuren.

Baptiste beobachtete den Bären, der sich die Wunden, die er ihm zugefügt hatte, leckte. Auch er selbst war lädiert, so ein Tatzenhieb konnte unter Umständen töten – immerhin riss ein Bär auf diese Art Schafe und sogar Kühe auf der Weide. Aber dieses Exemplar der Gattung *Ursus arctos* dünkte ihm noch recht jung und unerfahren, ein junger und sehr höflicher Bär.

Immanuel brummte für Baptiste kaum verständlich, während er sich seine Wunden kühlte: „Ich laufe schon seit vielen Bergen durch die Wälder und habe seit geraumer Zeit keinen anderen meiner Art olfaktorisch vernommen. Die Bäume riechen nach Bäumen, bestenfalls nach anderen Tieren. Der Einzige meiner Gattung zu sein, erfüllt mich mit einer gewissen Angst. Meine Frau Mutter hat mir erzählt, dass Menschen Bären töten, zu Hunderten abschlachten, ihnen die Pratzen absägen – aber wieso? Meine Frau Mutter hat auch erwähnt, dass die Wälder immer kleiner werden, die Fische immer weniger, der Honig immer seltener. Meine Frau Mutter hat geweint, weil sie so viele Menschen ringsherum gerochen hatte, und der Mief von Menschen bedeutet früher oder später immer den Tod. Dann hat man meine Frau Mutter dahingerafft und mir hat man das Fell verbrannt. Schauen Sie, da! Und jetzt treffe ich auf Sie – und Sie tun mir gleich beim ersten Augenblick weh. Was hab ich Ihnen denn getan? Warum schlagen Sie so wütend auf mich ein? Warum schlachten die Menschen den Bären?“

Baptiste meinte, man sage, der Bär sei gefährlich für den Menschen, ganz besonders für Kinder. Er fresse seine Haus- und Nutztiere und den Honig – und begegne man ihm im Wald, töte er einen.

Baptiste erinnerte sich, dass er auf seinen Wanderungen von Dorf zu Dorf und von Mädchen zu Frauen ganze Friedhöfe von abgeschlachteten Bären erblickt hatte. Fleischhaufen, gemeuchelt nur des Felles wegen, mit abgesägten Pranken und Häuptern, die später im Wohnzimmer über dem Kamin eines Wilderers thronten. Die Waldpolizei hatte sich schon daran gemacht, sich an den Bärenkadavern zu laben.

„Meine Frau Mutter hat Menschen getötet“, meinte Immanuel. „Aber nur, weil man mir zu nahe gekommen war. Daraufhin überfiel uns eine Menschenarmee und sie, meine so geliebte Mutter, hatte mich rüde weggeschickt. Abgeschlachtet haben sie sie!“

Baptiste blieb still. Das Feld mit den vielen toten Bären quälte ihn dann und wann in seinen Träumen – ein abscheulicher Anblick, der ihn immer wieder aufwachen ließ. Er war dem Massaker schon damals nicht gleichgültig gegenübergestanden, und jetzt, wo er einen Bären unmittelbar kennengelernt hatte und sah, dass er ein recht umgänglicher Zeitgenosse war, drehte sich ihm bei der Erinnerung an die Bärenkadaver der Magen um. Der Knopf im Bauch wollte und wollte nicht aufgehen. Und als er endlich aufging, brannte das wütende Feuer des Zorns lichterloh und er schwor sich beim Grabe seiner geliebten Schwester, dass er diese miesen Menschen für die Verbrechen gegen ihn und den gepeinigten Bären büßen lassen werde.

Tagsüber marschierten sie gemeinsam durch die grünenden Wälder, ohne ein richtiges Ziel vor Augen.

Von Tag zu Tag wurde es sommerlicher, nur abends wehte noch ein laues Lüftchen, dann schlich man ganz langsam durch das dickste Dickicht, um nur ja nicht auf Bösewichte zu stoßen. Man musste sich hüten vor den Wilderern und Soldaten: Sie schienen überall zu sein. Dann und wann schossen sie mit ihren Büchsen aus dem Hinterhalt, schon eilten die ungleichen Kameraden, die das sonderbare Schicksal wie mit eisernen Ketten zusammengeschmiedet hatte, so schnell sie konnten davon, nur um kurz darauf überrascht zu entdecken, dass sie nichts vom dem mit böser Absicht verschossenen Schießpulver abbekommen hatten. Die Umstände schienen aussichtslos – nichts als feindlich gesinntes Gegenüber.

Baptiste hieß ihr gemeinsames Ziel: Überleben! Doch wie man dies anzustellen vermochte, bedrückte ihre Gedanken und Herzen. Über die nackten, geschundenen Füße hatte er sich mehrere Lagen wollene Fetzen gebunden, die er von einem Bauernhof mitsamt einem Hühnchen mitgehen hatte lassen. Sein zerfetzter Weiberrock war mit Schmutz übersät, seine Haare verstrubbelter als je zuvor, sodass man ihn leicht mit einem ungezähmten Hominiden hätte verwechseln können.

Immanuel argwöhnte, es dünkte ihm sicherer, des Nachts durchs Unterholz zu wandern, doch Baptiste hielt dagegen, dass ihm dies zu gefährlich sei: Wenn man tagsüber beim Schlafen im Wald von Wilderern oder Schwammerlsuchenden aufgestöbert würde – sie kehlten einen sofort ab oder fesselten sie, um sie in der Stadt öffentlich zu demütigen und dem Pöbel zum Fraß vorzuwerfen – in Form von niederträchtigen Bärenkämpfen. Einigen dieser Barbareien hatte Baptiste schon beigewohnt, bei denen gutmütige Genossen bis aufs Blut gereizt wurden und sie dann gegeneinander oder gegen angriffslustige Hunde anzutreten hatten. Der lärmende Pöbel hat an diesem blutigen Massaker wohl Gefallen gefunden, er selbst empfand es weniger geschmackvoll, doch für Dukaten war es ihm gerade gut genug gewesen – was er nun tunlichst vor Immanuel verschwieg. Sicherlich hätte sein Bärenintimus das als grobe Beleidigung verstanden – aber was weiß ein ungezähmter

Bär schon von Geld und den Gelüsten eines jungen Mannes in seinen besten Jahren?

Er wäre erst kürzlich aus der Winterruhe erwacht, brummte Immanuel. Der Hunger hatte ihn aus der Höhle getrieben, doch einen Teil des Waldes hatte er nicht wiedererkannt, denn da, wo früher Holz- und Buschwerk gestanden hatte, war nun alles gerodet, ausgerissen und dem Sonnenlicht preisgegeben. Schließlich musste er sich den gemeinen Menschen nähern, ob er wollte oder nicht, um sich dort Genießbares zu verschaffen.

Baptiste grübelte und machte seinem Kameraden klar, dass man sich schleunigst aus dieser Gegend zu verabschieden hatte, am besten in die dunkelsten Tiefen der Wälder und Berge – und dann dort erst einen Schlachtplan für den Überlebenskampf schmiedete. Tief schlummerte in ihm auch der Wunsch, diesem Konrad Wolfgang von Lohengrin eine scheußliche Lektion zu erteilen, und er malte sich kurz vorm Einschlafen die finsteren Gedanken mit viel Blut und Pein und Gehässigkeit aus. Vielleicht gab es da eine Aussicht auf eiskalt servierte Rache? Mit Immanuels Hilfe? – Nein, das war zu gefährlich! Ihn selbst würde man in der Jauche ertränken, Immanuel ausgestopft dem Naturhistorischen Museum vermachen, insbesondere seine pelzigen Pranken als Potenzmittel dem despotischen Kaiser höchstpersönlich empfehlen.

Viel untrüglicher und ersprießlicher dünkte ihm Folgendes: Zuerst sich in Sicherheit ausruhen, gut essen und die eiternden Wunden auskurieren lassen. Dabei Immanuel besser kennenlernen, seine Charakterstärken herausfinden und seine körperlichen Vorzüge nutzen. Die Gegend musste gründlich ausgekundschaftet, etwaige Fluchtwege gefunden werden.

Und schließlich sollte es heißen, feurige Schlachtpläne zu schmieden, die nicht nur ihr Überleben sicherten, sondern vielleicht auch den ausgekühlten Körper elegant einkleideten und dann noch, wenn es ihnen an sonst nichts mehr fehlte, die Börse füllten.

Immanuel leckte dann und wann Insekten von den Bäumen und vom Moos, kaute an saurem Wurzelwerk, doch Befriedigung stellte sich keine ein. Er schleckte lieber süße Beeren, die gab es aber erst später, wenn im Sommer die Sonne das Blattwerk kitzelte. Flugs hatte er Glück und stöberte das Aas eines Rehs im Unterholz auf, noch recht frisch und aufgrund natürlicher Umstände darniedergestreckt. Er schmatzte die Innereien, als hätten ihm die berühmtesten Köche des Landes einmalige Delikatessen bereitet. Doch davon hatte Baptiste, der weiter an Spitzwegerich und Löwenzahnblättern kaute und seinen Magen rumoren hörte, wenig.

Lichtungen umgingen sie für gewöhnlich, denn man wollte nicht im Sonnenlicht erspäht werden. Baptiste gab schließlich klein bei: Sie änderten ihre Strategie und machten den Tag zur Nacht. Wenn der Mond zu schwach leuchtete oder das Vorankommen durch das undurchdringliche Dickicht gefährdet war, blieben sie ganz eng beieinander, um sich nicht aus den

Augen zu verlieren. Beim ersten Tageslicht suchte man sich einen Schlafplatz. Wurde man fündig, legte sich Immanuel zur Ruhe und Baptiste tarnte ihn so gut er konnte mit Laub und Ästen. Schließlich legte auch er sich gut verborgen ins Unterholz.

Dann wieder ein Schuss, diesmal aber in weiter Entfernung: Die Zivilisation blieb langsam, aber sicher hinter ihnen. Durchatmen, die Natur genießen, das fiel ihnen von Tag zu Tag leichter. Auf warmen Lichtungen spazieren und an lauen Flüssen fischen. Ihre Lebensgeister erwachten, kamen zurück in die von der Schinderei ausgebeuteten Leiber.

Drei Tage waren sie nun von den Menschen verschont geblieben. Sie lagen im Blumengras und betrachteten den vollen Mond. Der Große Bär war aufgrund des grellen Lichts nicht zu sehen.

Und der kleine Bär sprach: „Warum haben Sie, mein werter Freund, mich denn damals so wutentbrannt angegriffen, als ich so unbedacht und unschuldig durch das Unterholz gestapft bin? Gut, ich gebe zu: Ich hatte zuvor ein Hühnchen geschmaust, aber doch muss ich sagen, dass ich nicht glaube, dass ich es Ihnen gestohlen hatte, sondern jemand anderem. Wieso denn dieser Überschuss an destruktiver Energie, der mir in jenem Moment zum Nachteil gereicht hatte?“

Baptiste schwieg zuerst; er hatte diesen bedauerlichen Vorfall aus seinen Gedanken verdrängt. Schließlich sagte er zu

Immanuel: „Weil ich Angst hatte. Weil man mir, der verweichlichten Kreatur, tiefe Angst vor dem Bären eingebläut hatte. Ihr Bären seid so viel größer und stärker, kurzum: so viel mächtiger als wir Menschen. Erst die Erfindung der Feuerwaffe hat dieses Ungleichgewicht ins Gegenteil verschraubt. Und zu jener verwunschenen Zeit, hatte ich noch einen anderen Grund für meine Gram gehabt: Ich tobte aufgrund der Schande, die ich damals so schmerzlich erfahren hatte. Als ich in dieser furchtbaren Gülle hing und es mir unabwendbar dünkte, hier so elendig krepieren zu müssen, brannte ich vor Zorn und Scham. Ich, der ich Kinder über alles liebe, ich hätte damals diesen niederträchtige Balg, der mir auf den Kopf gepischt hatte, vor Wut ausweiden können. Dabei bin ich, wie Sie sich, mein lieber Freund Immanuel, schon überzeugen konnten, ein von Natur aus friedfertiger Geselle, der nur in Harmonie auflebt und bestenfalls mal jemandem, nur aus Gefälligkeit einem anderen gegenüber oder zum Spaß der belustigten Beteiligten, ein Bein stellt. Zu diesem Zeitpunkt dachte ich mir, es wäre besser, nach meinen eigenen Regeln zu sterben, nicht nach den Gesetzen der niederträchtigen Obrigkeit, ganz besonders nach so viel erlebter Schande, so viel Wahnsinn und gemeiner Perfidie. Und es ist wahr: So wie bisher kann ich nicht mehr leben."

„Deshalb müssen Sie, mein unbefellter Kamerad, wie ich im Wald leben? Warum gehen Sie nicht zurück zu den Ihrigen in der Zivilisation, die mir doch viel bequemer für Ihren Lebensstil anmutet, weit weg von hier, wo Sie niemand kennt?"

„Weil man nach mir, Baptiste, geboren in den westlichen Gefilden dieses Reiches, einem Spieler und Vaganten, Heiratsschwindler und Sohn eines fahrenden Scholars – Gott habe ihn selig! –, fahndet. Ich gebe schon zu, mit Ihnen zu reisen scheint mir nicht sicherer, doch zumindest ist man nicht einsam, und Einsamkeit ist eines der wenigen Betrübnisse, die ich nicht aushalte. Da dann doch lieber mit einem gesuchten Bären durch die Wälder ziehen und aufeinander schauen, so wie es die Kameradschaft empfiehlt –"

Immanuel unterbrach Baptiste abrupt: „Man sucht nach mir? Welch Unbill, so etwas bereitet mir wenig Freude! Wieso will man mir Unrecht antun? Ich habe doch keiner Seele etwas zuleide getan! Wie kommt es, dass man sich gerade an mir vergreifen will?"

Darauf hatte Baptiste sofort eine Antwort: „Weil Sie, sehr verehrter Mitstreiter, im Kampf ums bare Überleben und gegen die himmelschreiende Ungerechtigkeit, der wir gemeinsam zum Opfer fielen, nun mal der Rasse der Bären angehören, einer edlen, aber doch nicht ganz ungefährlichen Gattung, die unglücklicherweise einen schlechten Ruf ihr Eigen nennt. Zum einen fällt sie der männlichen Eitelkeit zum Opfer: Deshalb säbelt man dem Bären die Pranken ab, weil diese Nämlichen dem Manne eine herausragende Potenz versprechen! Zum anderen erwehrt ihr euch, weil euch die Menschen den Lebensraum und die Fressalien rauben. Und weil ihr euch eben wehrt, wie es einem die Natur befiehlt, müsst ihr ins Gras beißen. Bei den Menschen ist es aber nicht ganz unähnlich: Den Armen, den Gejagten und Gefangenen, den Krüppeln, den Kriegsverweigerern, den Prostituierten, den Asozialen, den Obdachlosen, den Verzweifelten und Verurteilten, denen wird alles von der Obrigkeit genommen, die unserer Herrlichkeit, dem großem Imperator, folgt. Und wenn sie sich dem Verstand zum Trotze vor dieser Ungerechtigkeit erwehren, dann werden sie niedergeknüppelt, gefoltert, gedemütigt und ermordet."

Baptiste, nun außer sich, atmete tief ein, um seinen Zorn unter Kontrolle zu halten. Dann meinte er aufrichtig zu Immanuel: „Wir beide, Vagant und Bär, beide von der Obrigkeit gejagt und durchgebeutelt, wir beide – wir! –, wir sollten uns zusammentun. Wir beide sollten uns zu einer Brüderschaft verbinden und Freunde suchen, bei denen das Schicksal ebenso unerbittlich zuschlug, bei denen die Erbarmungslosen ebenso achtlos auf die gegebenen universalen Naturgesetze gespuckt und ihnen Unbill zugefügt haben. Und wenn wir genügend an der Zahl beisammenhaben, werden wir uns gehörig wehren! Da gehen wir gegen diese ungerechte Obrigkeit vor und geben ihnen von ihrer eigenen sogenannten Medizin – genannt Gerechtigkeit – zum Kosten. Zuerst im Kleinen, versteckt in den Wäldern, später in den Dörfern und erbärmlichen Marktgemeinden. Und wenn sich das revolutionäre Feuer langsam in den Herzen der Menschen und Bären entzündet –"

„Ja, aber woher nehmen wir denn die Mitstreiter, mein werter Kamerad?", warf Immanuel ganz berechtigt ein.

Baptiste antwortete nicht mehr auf diese Frage, auf die er selbst keine Antwort hatte. In der Magengegend aufgewühlt, schlief er diesen Morgen nur schwerlich ein. Immanuel dachte ebenfalls an Baptistes Ansprache und imaginierte sich unter seinesgleichen wandelnd. Der Wunsch, nicht mehr der einzige Bär zu sein, brannte ihm in der Seele. So sehr ihm Baptiste ein feiner Verbündeter war, sprach er doch in einem anderen Dialekt, mit einem aufgebrachten Herzen, mit einer grollenden Seele. Ein Mensch gehörte unter Menschen, ein Bär unter Bären. Können sich diese Kulturen erfolgreich zusammentun?

Von der Gefangenschaft und dem anschließenden Leben im Wald hatte Baptiste stark abgenommen und schwächelte vom vielen Wandern und dürftigen Schmausen. Im Frühling bot der Wald nur wenig Genießbares und darum beschloss man, sich wieder der Zivilisation zu nähern, um nicht den Hungertod zu erleiden. Auch Immanuel hatte die Insekten und das Wurzelwerk ordentlich satt und wünschte sich etwas Herzhafteres zum Naschen, frisch gefangene Fische oder ein kräftiges Hühnchen.

„Am Fluss Fische zu fangen, ist zu gefährlich“, wandte Baptiste ein. „Man bemerkt uns sofort und will uns schleunigst an den Kragen!“

Des Nachts huschten sie im Mondlicht zum nächsten Bauernhof und hatten es nicht besonders schwer, denn der hiesige Bauer lag im Sterbebett. Seine Söhne scherten sich wenig um den Hof: Sie wollten doch lieber Ärzte oder Astronomen an der Urania werden und waren in die Kaiserstadt gezogen.

So stahlen die beiden die notwenigen Fressalien und lagerten nicht unweit, um ihre Beute genüsslich zu verschmausen.

Baptiste fühlte, dass es wieder aufwärts ging. Er erzählte vergnügt von seinem Vater, dem fahrenden Scholar, mit dem er durch die Lande gezogen war und von dem er das Wesentliche über Gott und die Welt, von den Naturgesetzen und den weltlichen Wahrheiten gelernt hatte. Eines Tages waren sie von Wegelagerern aufgemischt worden und er, als Junge, wurde von den Räubern entführt. Von da an war er Mitglied bei der Räuberbande des Roten Pierre, und sie drehten so manches krumme Ding miteinander, das ihnen zu gutem Geld, fast schon zu Reichtum verholfen hatte. Doch als der Protegé Pierres, den er wie einen Bruder liebte, von Soldaten gefangen wurde, er aber, wie man versprach, durch Pierres freiwillige Aufgabe und Auslieferung an die Exekutive wieder freigelassen wurde, stellte sich Pierre und ließ sich einfach von des Henkers Hand abschlachten. Sein Protegé durfte zusehen und war als Nächster dran.

Sie, die nun freischaffenden Räuber ohne Oberhaupt, zogen in alle Winde verteilt durchs Land. Er, Baptiste, durch seinen offenherzigen Charme reich beschenkt, schwindelte sich in ein Frauenherz und blieb bei ihm, bis er sich, umtriebig wie er nun

einmal war, ein neues Frauenherz suchte, das ihn verliebt aufnahm.
Auch das Glückspiel hatte er bei seinen Räuberkumpanen erlernt, doch dieses wurde ihm letztlich in dem vermaledeiten Dorf zum Verhängnis. Weil man, verärgert über den Verlust der Gelder ihn durch den Kot geschliffen hatte.
Immanuel hatte nicht alles verstanden, aber er fragte nicht nach, denn er war müde und faul vom Festmahl. Man beschloss gemeinsam, in der Nähe dieses Hauses zu bleiben und es sich gut gehen zu lassen, bis das Schicksal andere Pläne mit ihnen ausheckte.

Der junge Bär war von Tag zu Tag besorgter, denn er hatte von seinen Artgenossen seit geraumer Zeit keine Witterung vernommen. Bis auf Bärlauch und Bärenklau waren sie auf nichts Bärenmäßiges gestoßen. Trotz Baptistes versöhnlicher Gegenwart quälte ihn die Einsamkeit. War er in diesem barbarischen Gebiet der einzige noch lebende Bär?
Baptiste dachte viel an seine eigenen aufgebrachten Worte, die er Immanuel so erbost dargelegt hatte. Er schmiedete glühende Pläne, verzweifelte aber manchmal daran, da ihm die erleuchtende Eingebung fehlte. Pierres Worte, die dieser immer wieder, nach ausgiebigem Absinth-Genuss, am Lagerfeuer bei einem Spanferkel mit Inbrunst von sich gegeben hatte, hallten ihm und wohl sicher auch seinen verschollenen Räuberkameraden noch immer im Kopfe nach: „Wie können

wir Menschen uns denn weiterentwickeln, wenn wir gar keine Sekunde Zeit haben zu überlegen und zu begreifen, miteinander zu reden, sondern nur wie Don Quijote Windmühlen bekämpfen? Oder überhaupt uns mit Sachen beschäftigen, die uns nichts angehen, wie die Sterne am Himmel, oder gar die höhere Theologie? Was geht uns der barmherzige Allvater an, wenn andere vor Hunger krepieren?"

Das Übel wären die Reichen, meinte Baptiste eines Tages am Feuer zu Immanuel. „Die Reichen verwenden ihr Geld, um noch reicher zu werden, und beuten dabei die Armen aus. Die Armen sind nicht stark, sie sind demoralisiert und frustriert und müssen barabern, was man ihnen aufgibt. Weil sie Familien haben und weil sie es selbst ja nicht besser wissen. Und man gibt ihnen zum Lohn gerade so viel, dass sie es nicht als notwendig erachten, aufzubegehren. ‚Uns geht's ja gut, anderen geht's ja viel schlechter als uns', sagen sie. Wir müssen das ändern. Wir müssen erreichen, dass die Armen sich wehren, gegen die Obrigkeit aufbegehren! Und wir müssen dafür sorgen, dass man die Bären verschont, sie am Leben lässt. Dass sie ihre Pranken und ihr Fell behalten dürfen. Mensch und Bär, die beiden haben in Wahrheit ein gemeinsames Ziel: Freiheit und Unabhängigkeit! Immanuel, wir müssen etwas tun!"

„Aber wir sind doch nur zwei Herumtreiber! Was können wir schon ausrichten?"

Und ohne zu wissen, dass diese Gefühle, die er im Moment empfand, ebenso hießen, fragte er Baptiste: „Was bedeutet eigentlich ‚demoralisiert' und ‚frustriert'?"

Baptiste grübelte ununterbrochen: Sie müssten andere Unterdrückte, andere, die sich gegen die Obrigkeit auflehnen wollen, finden. Bären, die Bären aller Länder müssten vereinigt werden! Gegen ihr sinnloses Abschlachten ankämpfen! Und die Armen sollten sich daran ein Beispiel nehmen, die unterdrückten Bauern, heimatlosen Soldaten, herumirrenden Vaganten, die ungerecht Verurteilten, die ausgebeuteten Bergarbeiter und Minenschufter. Und in den Städten erging es den mittellosen Studenten auch nicht viel besser: Manche von ihnen hatten sich damals dem Roten Pierre angeschlossen, um aus ihrer Misere zu entfliehen.

„Mein ehrenwerter Baptiste, wer oder was sind denn sogenannte Studenten?"

„Menschen, die einen Beruf wie Medikus oder Advokat erlernen und dafür an die Universität gehen. Manche interessieren sich auch für die höhere Mathematik oder Astronomie", schulmeisterte Baptiste.

Für Immanuel blieb das alles Kauderwelsch, nur einen Satz hatte er begriffen und innig in sich selbst gespürt, als wäre es sein natürlichstes Anliegen: *Die Bären aller Länder müssen vereinigt werden!* Eine wohl äußerst utopische Angelegenheit, aber irgendwie doch sein innigstes Urbedürfnis, für das er keine Erklärung hatte und auch nicht suchte.

Baptiste dachte momentan an Rache für die Unbill, die ihm zugefügt wurde. Am besten, man könne eine große Zahl an Bären auftreiben, um mit ihnen gemeinsam gegen die Obrigkeit vorzugehen. Doch wo waren sie? Hatte man sie so sehr dezimiert, beinahe ausgerottet? Der finale Kampf dünkte ihm aussichtslos – doch Baptiste wollte das niemals wahrhaben.

Es wurde langsam Tag und man legte sich beflissentlich und gut getarnt zur wohlverdienten Ruhe. Baptiste erwachte von einem ungewöhnlichen Geräusch. Immanuel war schon munter und hielt auf seinen beiden Hinterbeinen stehend die Nase in die Luft: Im Wind witterte er eindeutig einen anderen Bären! Er lief aufgeregt los, dem Instinkt folgend, dann blieb er plötzlich stehen. In dieser Richtung, wo die Sonne garstig daniederbrannte, nahm er eindeutig seinesgleichen wahr, aber auch den Geruch von Menschen und eine Fährte, die er noch nicht recht verstand: wohlig aromatisch, aber trotzdem unangenehm beißend. Honig musste dabei sein, jedoch auch etwas anderes, etwas ihm Unbekanntes.

Baptiste schlich als Vorhut vorsichtig durch den Wald, bis er die recht lauten Stimmen wahrnahm. Zwei Männer standen am Rande einer Lichtung und hielten einen Krug, dessen flüssig-klebrigen Inhalt sie einem ausgewachsenen Bären fütterten. Dieser leckte hartnäckig den kleistrigen Honig und taumelte, fiel gelegentlich um, richtete sich aber gleich wieder auf, um gierig weiterzuschlecken. Eine lächerliche Zipfelmütze zierte sein Haupt, sein braunes, zerschlissenes Fell und das unterjochte

Brummen bedrückten Baptiste. Ein rosa Tutu zierte seine Hüfte.

Es dünkte ihm, die Männer seien Wilderer: Sie trugen beide eine Lanze, wohl, um sich den Bären vom Leibe zu halten. Vom Wein berauscht, den sie schon den ganzen Tag geschlürft hatten, brüllten sie vor Lachen. Auch vom mit Himbeergeist versetzten Honig wurde gelegentlich genascht, da ja der handzahme Bär diese leckere Konfitüre doch nicht mit allen seinen Sinnen, so wie es dem Menschen die Natur erlaubte, zu schätzen wissen konnte. Wieso das Tier so benebelt schwankte und noch nicht aufgespießt sein Fell gelassen hatte, darüber wunderte sich Baptiste doch sehr, da er vom Schrecklichen noch nichts ahnte, und lauschte den beiden betrunkenen Wildererbrüdern.

„Wann kommt denn endlich der vermaledeite Ministerrat?“, lallte der eine.

„Wenn die Kirche zwölf schlägt, also bald“, nuschelte der andere Bösewicht.

„Komisch, dass er von so weit her kommt, um einen Bären zu töten … Ja, die sind nicht ganz zusammengeräumt in ihrem Oberstübchen, die hohen Herrn aus der Stadt“, dabei trommelte er mit seinem Finger auf seine Schläfe.

„Der Gendarm aus dem Dorf hat gemeint, der Ministerrat wünsche etwas Nervenkitzel. Er hätte niemals zuvor im Wald eine wilde Kreatur gejagt und sei deswegen noch nie einem dieser Raubtiere begegnet. Deshalb hat man einen zahmen Zirkusbären angefordert."

„Raubtiere?", lachte der andere laut auf. „Wilde Tiere? In unseren Wäldern gibt's doch nur mehr wenig Wildes. Vielleicht ein verirrtes Hauskätzchen oder einen tollwütig gewordenen Fuchs. Mit viel Glück einen verwunschenen Bären! Ganz im Osten, im Kaukasus, wie mein Gevatter meint, gibt's noch Abertausende von Bären und Wölfen. Aber hier? Ich hab schon wochenlang keinen mehr gesehen, geschweige denn geschossen! Und wo soll denn da der Nervenkitzel sein, einen besoffenen Bären zu schießen? Aber mir soll's recht sein, die Herrschaften haben für unseren Zirkusbären ja brav gelöhnt. Und dieser Honig! Mich überrascht es kaum, dass es unserem Coco so gut schmeckt. Mach's gut, mein lieber Coco", meinte der Bewaffnete und tätschelte dem schleckenden Bären den massigen Kopf, wobei die Zipfelmütze herunterfiel, doch das kümmerte niemanden.

In Baptiste kam wieder die Wut hoch: *Diese Feiglinge! Was für eine Menschenbrut, die nichts Besseres zu tun hat, als andere, sei es Mensch, sei es Bär, zu quälen und zu meucheln und noch dafür zu zahlen! Gibt es keinen Respekt mehr auf diesem Globus? Kann jeder mit genug Dukaten tun und lassen, was er will? Man muss diesen Menschen Einhalt gebieten, an ihre Menschlichkeit appellieren! Oder ihnen die Flügel stutzen?*

Baptiste wünschte sich so sehr, in diesem Moment unzählige Männer und Bären zu befehligen, auf den Ministerrat zu warten und diesen in einem Hinterhalt gefangen zu nehmen, ihm seine eigene niederträchtige Medizin einzuflößen, ihm gehörig Angst zu machen. Die fette Obrigkeit bis aufs Skelett demoralisieren! Ihm, wie den Bären die Pranken, die sie so lecker am Mittagstisch für ihre männliche Potenz schmatzten, die Hände abschlagen. Statt einer Bärenhatz sollte man eine Menschenhatz aufführen und die Hunde auf sie loslassen. Aber zu zweit auf weiter Flur konnte man nur eines machen: füreinander einstehen und neue Freunde gewinnen! Baptiste eilte zurück zu Immanuel, der den neuen Bären und den Honig – ihm lief schon das Wasser im Maul zusammen – neugierig in der Nase hielt, und erklärte ihm die aufschlussreichen und verächtlichen Umstände: Man müsse schnell und plötzlich handeln! Den Bären mit seiner Zipfelmütze aus den Händen der Wilderer retten und ihn vor dem sicheren Ableben durch den Todesschuss des Ministerrates bewahren. Die Idee mit dessen Gefangennahme verwarf Baptiste, denn die Soldaten würden sich nicht so leicht besiegen lassen, und da er ja unbewaffnet war, blieb ihm nichts anderes übrig, als mit List und Tücke vorzugehen. Aber was solle man denn tun? War die Lage nicht aussichtslos? Am liebsten hätte er die gemeinen Fieslinge angezündet, doch fehlte es ihm am notwendigen Feuer.

Immanuel war trotz allem gierig nach dem süßen aromatischen Honig und leckte sich die bärtige Schnauze.

Als wäre ihm der Geist des Roten Pierres in die Glieder gefahren, rief Baptiste aus: „Sie im Hinterhalt überfallen! Ihnen ihre eigene Taktik, die diese Banditen sonst im Wald ausnützen, zum Verhängnis machen!" Er würde sich mit seinem bärigen Kameraden anschleichen und sie würden die besoffenen Wildererlümmel überwältigen. Am Rand einer Lichtung stünden sie, perfekt für einen überraschenden Angriff! Man müsse gleich handeln, bevor die Soldaten mit dem Ministerrat kämen.

Es war nicht einfach für einen, wenn auch jungen Bären, sich anzuschleichen, aber dass die beiden Wilderer gründlich am alkoholischen Honigkrug genascht hatten, gereichte zu ihrem Vorteil.

Baptiste sprang etwas entfernt von dem Zirkusgesinde aus dem Gebüsch und rief zu den beiden, die sogleich erschrocken hochsahen. In dem Moment stürzte Immanuel von hinten auf sie und streckte beide mit gewaltigen Prankenhieben nieder, noch bevor sie reagieren und mit ihren Lanzen zustechen konnten.

Der junge Bär hatte noch nicht die Kraft, mit einem Prankenschlag zu meucheln, daher lagen sie nur verprügelt auf ihrem Rücken – und bis auf die Knochen erschrocken, denn mit diesem hinterhältigen Angriff hatten sie nicht gerechnet.

Von den Lanzen, die in hohem Bogen davongeflogen waren und jetzt im Gras lagen, griff sich Baptiste die nächstbeste und stach die beiden Bösewichte ab. Dann zerrte er sie ins Unterholz und tarnte sie mit Erde, Astwerk und Laub.

Dem bezechten Bären war das alles egal gewesen: Er steckte immer noch mit seinem Kopf im Honigkrug und schleckte gierig.

„Komm!“, brummte Immanuel dem anderen Bären zu und verstand nicht, wie es um jenen stand, da er von der berauschenden Wirkung des Alkohols noch niemals gehört hatte. Der Bär schien nichts um sich zu bemerken und leckte unbeirrt weiter.

Baptiste riss ihm den Krug aus den Tatzen und lief los.

Coco, der besoffene Bär, plötzlich seines kostbaren Schatzes beraubt, blickte verdattert hoch, dann folgte er träge dem Krug, wurde dabei von Immanuel angehalten, schneller zu laufen, doch er taumelte sichtlich angeschlagen durchs Gestrüpp. Nach ein paar Minuten fiel er wie ein Verwundeter hin, schlief sofort ein und war nicht mehr aufzuwecken. Immanuel tat es ihm gleich.

Baptiste tat sein Bestes, beide mit Geäst und Laub zu tarnen, und hielt versteckt mit seiner Lanze Wache, während die beiden Bären schliefen. Die Spuren verwischte er so gut er konnte und hoffte sehr, man würde nicht in ihrer Richtung weitersuchen.

Plötzlich, in unmittelbarer Nähe, direkt hinter ihm, hörte er Stimmen und lauschte ihnen, ohne zu atmen: Ob man auch wirklich den vereinbarten Platz erreicht hatte? Ob die Zirkusleute nicht woanders sein könnten? Der Wirt hätte ja gemeint, dass sie schon betrunken in die Wälder aufgebrochen waren. Dass man sich niemals auf Trunkenbolde verlassen solle!

Wahrscheinlich lagen sie in einem Erdloch und schliefen sich den Rausch aus. Dann entfernten sich die Stimmen wieder, bis sie schließlich gänzlich außer Reichweite waren.

Ob der Ministerrat bei ihnen gewesen war? So eine Chance würde sich nie wieder bieten: Einen Ministerrat zu fangen, das wäre eine feine Sache gewesen! Ihm seinen eigenen Honig zum Trinken geben, ihm die Pranken abschlagen und dann in der Gülle geschmeidig absaufen lassen!

Baptiste wusste, man hatte nicht viel Zeit, bevor es hier vor Menschen nur so wimmelte. Sobald er sich sicher wähnte, kletterte er aus seinem Versteck und fledderte die blutigen Kleider der Frischgemeuchelten. Auch die Schuhe erfreuten ihn und passten nicht schlecht. Noch ein paar Gulden aus ihren Hosensäcken, dann war die Verkleidung perfekt. Das Glück huldigt den Bedachten, wie er selbstgefällig lächelnd dachte. Die Bären brummten zustimmend im Schlaf.

Schließlich reinigte er die Lanzen, befreite sie vom Blut und fühlte sich stark und tatkräftig wie schon seit Langem nicht mehr.

Jetzt sollte nur wer kommen und sich ihnen in den Weg stellen!

Jetzt konnte sie niemand mehr aufhalten!

ZIRKUS

Als Coco, der Zirkusbär, nach dem Vorfall mit dem nun gemeuchelten Zirkuspöbel aus dem alkoholischen Delirium erwachte, plagten ihn furchtbare Kopfschmerzen. Immanuel und Baptiste führten ihn an einen Bach, wo er gierig seinen Durst löschte und sich erfrischte, so wie es jeder Verkaterte gerne tat.

Er war kein junger Bär wie Immanuel, dieser Coco, sondern ein ausgewachsenes Prachtexemplar eines Braunbären. Aber mit seinem rosaroten Tutu sah er furchtbar lächerlich aus und Baptiste schnitt es ihm vom Körper.

Wo er sich befand, fragte er, und was denn mit seinen menschlichen Begleitern passiert wäre? „Und der Topf mit dem Honig, wo ist der Topf mit dem Honig?“, brummte er besorgt, als wäre es nun das Allerwichtigste in seinem Leben. Baptiste hatte den Honigtopf gut in der schattigen Erde versteckt, „mich darum gekümmert“, wie er andeutete, ohne Genaueres zu verraten.

Coco seufzte und jammerte, dass er bärenmäßigen Hunger hätte. Als Bär in Gefangenschaft hatte er es nie gelernt, sich auf seine Nase zu verlassen, weil der Gestank der Menschen und anderen Tieren alles übertünchte.

Immanuel überlegte, dann bat er ihn, ihm zu folgen. Sie schritten gemeinsam zu der Lichtung, wo die beiden Frischverstorbenen versteckt lagen. Immanuel öffnete mit seinen Pranken einen der Leichname und verlustigte sich an dessen noch lauwarmen Eingeweiden. Coco entrüstete sich bei dem Anblick, protestierte lautstark, niemals einen Menschen auszuweiden. Den größten Teil seines Lebens hatten sie sich um ihn gekümmert, waren mehr oder weniger gut zu ihm gewesen – nein, er konnte genauso wenig einen Menschen verspeisen, wie er sich an einem Bären vergehen könnte. Was sie sich dabei gedacht hatten, ihn zu befreien! Er hatte sein Leben lang bei den Menschen gelebt, die ihn mit Nahrung und Honig versorgt hatten! Hier, alleine in der Wildnis, würde er sicher bald verhungern.

„Solange du bei uns bleibst, wirst du niemals Hunger leiden", garantierte ihm Baptiste.

„Ach, ich höre und sehe, Sie haben genauso wenig Respekt vor dem Bären wie vor dem Menschen: Sie duzen mich ungeniert, als wären wir Freunde! Außerdem bin ich an die von den Menschen bereitete Nahrung gewöhnt – ich kann jetzt nicht plötzlich totes Getier oder Wurzelwerk essen, das bekommt mir nicht!", lamentierte Coco.

Er würde sich schon daran gewöhnen, meinte Immanuel schmatzend, während er eine Niere aus dem Körper des Verendeten verspeiste. Immerhin wäre er ja ein Bär. Und: „Der Hunger ist doch der beste Koch!"

Tote Augen starrten ins Leere.

Weil Coco den beißenden Hunger nicht mehr ertragen hatte, tat er es letzten Endes Immanuel gleich und machte sich über den zweiten Leichnam her, probierte davon mit sichtlichem Ekel. Doch nachdem er das weiche Gedärm gekostet hatte, war jedwede Scheu von ihm gefallen und er zerlegte den Kadaver ohne Achtung vor dem Toten.

Sie hätten ihn in den Wald geführt, ohne ihm zu sagen wofür, erinnerte sich Coco. Baptiste beobachtete ihn angewidert, als er einen Fetzen Fleisch aus dem Körper herausriss, und fragte schließlich, ob er denn gar nicht wisse, wie es um ihn gestanden habe: Es galt die Anordnung, ihn zur Beglückung des Ministerrates erbarmungslos zu opfern. „Dies Unrecht zulassen – niemals!“, verteidigte sich Baptiste gegen die Anschuldigung, unbedacht gehandelt zu haben, als sie den bemützten Bären im rosafarbenen Tutu vor seinen Peinigern gerettet hatten.

Zwei der Zirkusstatisten hätten ihm den Krug mit alkoholischem Honig gegeben, erzählte Coco, und wenn man einmal daran geleckt hatte, war einem der Rest der Welt egal: Dann konnte man getrost zugrunde gehen.

Baptiste kannte dieses Gefühl nur zu gut: Auch ihm war alles Übrige einerlei gewesen, wenn er betrunken sein Weibchen im Arm gehalten hatte; auch er hatte sich dann nackt und unbedacht ins grobe Abenteuer geschleudert.

Immanuel dagegen hatte keine Ahnung, wovon die Rede war, und wollte endlich den alkoholischen Honig kosten. Baptiste gab zwar nicht preis, wo er diesen verborgen hatte, aber Immanuels feines Näschen entdeckte den Krug dennoch schnell. Er grub ihn gierig aus dem Erdloch, wo sich schon allerlei Insekt und Gewürm an dem süßen Klebstoff zu schaffen gemacht hatte.

„Hol's der Kuckuck!", meinte Baptiste belustigt und machte sich auf den Weg, um Proviant vom Hofe des fast verblichenen Bauern zu besorgen. So ein Hühnchen musste ihm nun gut zur Nase stehen und als er wieder zurückkehrte, lallten Coco und Immanuel schon gehörig.

Baptiste war mit einem Huhn und einem Krug Wein im Arm zu den satten und fidelen Bären zurückgekehrt. Man entfachte ein Lagerfeuer, um das Huhn zu braten; Wein wurde geschlürft; man leckte den letzten Rest des Honigs und lachte belustigt, als Coco berauscht seine Tanzkünste präsentierte – immerhin war er ein Tanzbär! Einmal fiel er der Länge nach hin.

Tränen in den Augen: Endlich wieder einmal vor Beglückung!

Als Coco berichtet hatte, dass er Teil einer Pantomime gewesen war, hielt Baptiste es für fantastische Lügen. Baptiste hatte das Wort ‚Pantomime' niemals zuvor gehört, hatte sich davon kein Bild machen können. Es käme aus England, hatte Coco schulmeisternd gemeint. Immanuel hatte natürlich nicht gewusst, was England sei, nur der Vagabund nickte wissend, war er in Wahrheit in Geografie recht unkundig.

Baptiste hatte sich tags darauf vom Tanzbären Coco die Richtung zu dieser angeblichen Pantomime zeigen lassen. „Ein halber Tagesmarsch ist die Arena entfernt, am Fuße der Berge, wo langsam die Zivilisation dichter wird – Sie werden es am animalischen Geruch merken."

Er machte sich sogleich auf den Weg und fragte jeden, der ihm auf der Landstraße begegnete – nur der Exekutive wich er vorsichtshalber aus –, nach der Pantomime, und so mancher blickte ihn verwundert an, andere bekamen bei diesen Worten ein ordentliches Glitzern in den Augen: Er müsse sich beeilen, da es nur mehr wenige Tage aufgeführt werde, bevor der Zirkus weiterzog.
So alleine bei sich, getränkt in seiner unerträglichen Neugier, reflektierte er noch über die Worte Cocos, die ihm so schier unglaublich erschienen waren: gigantische Monstren, blutlüsterne Löwen, Tausende Menschen, die miteinander und gegeneinander kämpften, in einem außerordentlichen Theater, dessen Arena der Abendhimmel und die kühle Erde stellten.
Als er dann aus den Bergen im vermeintlichen Tal ankam, stand er inmitten eines fabelhaften Jahrmarktes voller wunderlicher Gestalten. Der Preis zum Eintritt der angepriesenen Pantomime schien ihm zu frech, obwohl er es sich mit den Gulden der Gemeuchelten hätte leisten können.
Er begnügte sich damit, einen kolossalen Baum zu besteigen und die präparierte Lichtung so zu überschauen.

Die Worte des Zirkusbären Coco dünkten Baptiste damals, die übertriebensten Lügen eines betrunkenen Münchhausens zu sein. Jetzt aber, auf einem Ast eines alles überragenden Baumes sitzend, konnte er sich selbst ein Bild machen – ein fantastisches Bild, das surreal, traumhaft anmutete.

Zu glauben, dass Bären sprechen konnten, oder dass man sie auf wundersame Weise plötzlich verstand – das war eine Sache. Aber fantastische Geschichten über blutdurstige Löwen und enorme Elefanten in den hiesigen Alpen zu verbreiten, eine ganz andere.

Ob die kriminelle Energie nur den Zirkus-Menschen vorbehalten war oder ob sie sich wie ein gefährlicher Virus auch auf die abgerichteten Zirkustiere übertragen hatte? Konnte man diesem närrischen Bären trauen? Eignete sich ein ehemals gefangener Bär überhaupt für die Revolution?

Von einem Ast, hoch oben im Baum am Rande des Waldes, blickte Baptiste über eine zum Teil frisch gerodete Lichtung hinweg, die dem bevorstehenden Spektakel, oder der Pantomime, wie man es nannte, als Arena diente. Diese war vor den Blicken des Pöbels mittels mannshoher Holzzäune geschützt, doch wie er selbst waren auch sie auf Bäume ringsherum geklettert, um das imminente Schauspiel genauestens verfolgen zu können. Seitlich der Arena waren aus frisch geschlagenem Holz Tribünen errichtet worden, auf denen sich die aufgezwirbelte Aristokratie vergnügte, aufgeputzt wie für einen Opernbesuch, laut lachend und vom Alkohol illuminiert ihrem dekadenten Treiben freien Lauf lassend. Die Kutschen der Obrigkeit warteten hinter den Tribünen, die Kutscher selbst saßen mit zahlungswilligem Gesinde auf den Dächern ihrer Fahrzeuge, um ja nichts zu versäumen.

Vor den Toren des Zirkus, über dem in sonderbare Formen gefasst die roten Lettern ‚Circus Hannibal' geschrieben schwebten, tummelten sich diverse artistische Gestalten, unter anderem übermütige Jahrmarktschreier, die mit fantastischen Worten die einmalige Pantomime über die große Schlacht des karthagischen Feldherrn Hannibal mit den Römern in Cannae anpriesen; der angeblich stärkste Mann der Welt stemmte ein volles Weinfass und stahl in den Pausen ausgiebig daraus, weshalb seine Nase schon aus der Ferne rot leuchtete; ein Flohzirkusdirektor, der eine Miniaturschau präsentierte: Seine Flöhe zeigten nicht die üblichen Tricks, sondern malten Bilder in Öl auf Canvas, naturalistische Portraits berühmter Flöhe, allerdings nur mit einer gut geschliffenen Lupe klar erkennbar (doch für den Flohliebhaber unbezahlbare Meisterwerke); ringsherum lümmelten dubiose Gestalten, die Schluckbilder gegen jede nur denkbare Krankheit verkauften und so zu einem guten Einkommen fanden; weiter entfernt fraß sich eine Herde von Pferden an den saftigen Weiden satt, dazwischen stahlen fahrbare Käfige, die nun leer waren, wertvollen Raum; unter dem Zirkustor schrien und liefen schmutzige Kinder umher und boten an, Schuhe zu putzen. Eine unvorstellbar große Menge an Leuten, wie man sie zuweilen nur auf Schlachtfeldern erleben konnte, strömte nun auf das Zirkusgelände und nahm auf den Tribünen Platz, während man inmitten der Arena noch ein hölzernes Podest errichtete.

Die von der Rodung verkohlten Baumstümpfe und alles lebendig Verbrannte waren mit Sand und Sägespänen bedeckt worden: Zuerst wurde die kommerzielle Verwüstung geschönt, dann fiel man mit einer Armee von Reitern und Statisten auf das frisch eroberte Land ein, direkt am Fluss, der die Arena nahe am Wald teilte. Sauberes, aus den Bergen schießendes Wasser erfrischte Mensch und Tier. Der Wald bedeckte die sonst nackten Hügel und Berge, die sich dahinter türmten, in der anderen Richtung flachte die Landschaft langsam ab, nach ein paar grünen Hügeln führte die sich durch die Landschaft windende Straße beinahe eben in Richtung Kaiserstadt.

Der Großteil des neugierigen Publikums war nun am Zirkusgelände angekommen; die Kavallerie tauchte plötzlich auf und formierte sich in einem Halbkreis als Phalanx vor den Zuschauern, als wären sie gerade zu ihrem Schutz dort abkommandiert worden; davor standen in Römertracht uniformierte Soldaten mit Spießen und Bögen und durchgelatschten Sandalen an den Füßen. Zimmermänner hämmerten die Bühne, andere Arbeiter zogen eine Wand hoch, die so bemalt war, dass sie einer alten Stadtmauer glich.

Die Sonne begann sich ehrwürdig zu neigen und groteske Schatten zerschnitten das Zwielicht.

Nachdem der letzte Arbeiter die Arena des ‚Circus Hannibal‘ verlassen hatte, betrat ein in altertümlicher Tracht gekleideter Mann die Bühne, verbeugte sich und wartete, bis alles still war, bis das letzte Räuspern verhallte und das törichte aristokratische Gelächter erstickte.

Unter dem roten Abendhimmel hatte der altertümlich Befrackte auf der Bühne nun die absolute Stille mit großer Erwartung empfangen. Dann begann er just von seiner Schriftrolle mit lauter Stimme zu lesen: „Im Jahre zweihundertzehn vor Christi Geburt, als in Europa auf der einen Seite die Römer, auf der anderen die Barbaren regierten, stieg ein gewaltiges Heer aus Afrika die Iberische Halbinsel entlang. Geführt wurde es von dem mächtigen Feldherrn" – kurze Pause, dann schrie er laut: „HANNIBAL, DER GROSSE!"

Trommelwirbel überzog die düstere Landschaft wie ein Donnerwetter.

„An die fünfzigtausend Soldaten, zehntausend berittene Kavalleristen, dazu noch an die vierzig Elefanten, nebst Löwen, Bären und anderem wilden Getier, führte er durch das beschwerliche Gebiet der kannibalischen Kelten, die er zuerst mit heimtückischen Wurfspießen, dann mit versöhnlichen Verträgen zur Ruhe gebracht hatte."

Hinter dem Fluss öffnete sich das finstere Dickicht und ein gewaltiges graues Ungetüm mit riesigen Ohren und einer langen Rüsselnase stieg empor.

Baptiste fiel ob des Anblicks beinahe von seinem Ast. Hinter dem Ungetüm kam ein weiteres zum Vorschein. Auf dessen Rücken saß ein Mann in buntes Leintuch gewickelt und schrie lauthals, jedoch vertrug der Wind das Geschrei. Man vernahm nur seine verzerrte Grimasse und allerlei animalische Geräusche, deren Ursprung man nicht einmal erahnen konnte. Ein Raunen, dann ein Aufschrei aus den Tribünen. Der Erdboden erzitterte unter dem gewaltigen Schauspiel.

Dieser finstere, pulsierende Uterus der Hölle gebar immer mehr von diesen berittenen, gigantischen Tieren, dazu kam eine schier endlose Anzahl an Reitern und Fußsoldaten. Die mächtigen Monstren, die heißblütigen Pferde, die bewaffneten Individuen, die immer näher kamen, begeisterten das bis aufs Gebein erschrockene Publikum.

Plötzlich sprang ein abscheulicher Löwe aus dem Geäst, dahinter ein muskulöser Mann, der an der Leine zerrte. Dann ein weiterer, kurz darauf ein gewaltiger, brüllender Bär, der sich sogleich aufrichtete, als er aus dem Dickicht herausbrach: Aus der Entfernung dünkte er nicht weniger kolossal als die grauen Bestien mit dem gewaltigen Elfenbein.

„Im eiskalten Winter ließ Hannibal die Alpen besteigen und er verlor weder die Richtung noch den Verstand, bekämpfte siegreich alle lauernden Gefahren."

Wieder donnernder Trommelwirbel.

Wie aufs Stichwort schossen plötzlich Pfeile und Lanzen durch die Luft, von unbekannten Schützen aus der ersten Reihe der Wälder abgefeuert, flogen über die immer näher kommenden Monstren hinweg. Immer mehr Bären, Löwen und Elefanten, berittene Soldaten und andere Statisten strömten schier endlos

aus dem Walde und kamen auf die graue Stadtmauer zu, auf der ein Wachmann, der nun eine Fackel entzündete, wartete.
Baptiste war, wie all die anderen, gebannt von dieser phantastischen Pantomime.
Die nahe den Zuschauern wartende Phalanx der Römer wurde sichtlich unruhig, manche Pferde scheuten und bekamen sogleich die Zügel und die Gerte zu spüren.
Während dieses unwahrscheinliche Heer das Ende der Zeit einläutete und die Erde zum Beben brachte, stiegen, als wäre es unter diesen Umständen das Normalste auf der Welt, zwei junge Mädchen auf die hölzerne Bühne: Das blonde trug ein hübsches Kleid und begann, ein ergreifendes Lied anzustimmen, das die Gedanken Hannibals widerspiegelte: Erinnerungen an die Lieben zu Hause, Weisheiten über die respektierten römischen Feinde, gemalte Sprachbilder über Afrika, den fernen Kontinent, dem Hannibal entstiegen war. Das andere, schwarzhaarige Mädchen steckte in einem eng anliegenden Kostüm und tanzte zu den rührenden Worten ihrer Schwester ein zärtliches Ballett. Fackeln wurden überall in der Arena entzündet, und die Sonne verschob den Tag langsam in Richtung Westen.
Die Schritte der herannahenden apokalyptischen Reiter und das Brüllen und Fauchen der Bestien ließen den Zuschauern die Haare zu Berge stehen. Unaufhaltsam näherten sie sich und so mancher einfältige Beobachter aus dem Publikum fragte bei sich, ob sie auch vor ihm halt machen würden oder ihn

zerstampfen und in Tausend Fetzen zerreißen werden. Andere hingegen ergriffen sogar vor Angst die Flucht.

Coco hatte zwar die dargebrachte Pantomime damals beim Lagerfeuer detailliert beschrieben, nun erfuhr Baptiste es mit seinen eigenen Augen. Doch konnte er es immer noch nicht glauben – es dünkte ihm doch zu traumhaft und fantastisch, was er da vor sich erblickte: überall diese wilden Bestien, fliegenden Pfeile und Lanzen, pure, elementare Bedrohung – ein wahrhaftiges Armageddon!

Eine betuchte Dame auf den teuren Tribünen fiel in Ohnmacht, doch man kümmerte sich nicht um sie, um ja nichts zu verpassen – so sehr war man von dem bemerkenswerten Schauspiel eingenommen.

Die Mädchen beendeten ihre graziöse Kleinkunst und der Wachmann rief, begleitet von dröhnendem Trommelwirbel, von seiner Stadtmauer in alle Richtungen:

„HANNIBAL ANTE PORTAS!
HANNIBAL ANTE PORTAS!
HANNIBAL ANTE PORTAS!“

Das Feld hinter der Mauer war nun voller wilder Elefanten, brüllender Löwen und Bären; im Fackellicht glitzerten die schwitzenden Pferde, die in Formation koordiniert zum Angriff stürmten, die Bestien hinter sich lassend. Und da bemerkte Baptiste, dass die Stadtmauer nicht aus Holz sein konnte, denn auf der Mauer erschienen plötzlich die flackernden Schatten der Pferde samt Reiter, der wilden Tiere, vom Licht verzerrt, durch das tanzende Fackellicht noch erschreckender, psychedelisch vom Trommelwirbel untermalt, so wie eines dieser beliebten chinesischen Schattentheater.

Während dieses unheimlichen Geschehens führte man seltsamerweise auch Negersklaven in Ketten vor: Man war sich im ersten Moment nicht sicher, ob es eine Anklage gegen das Sklaventum sein sollte, da die schwarzen Männer und Frauen einen furchtbar erbärmlichen Anblick darboten. Kein Tier wollte man so sehen, wie diese lieblos präsentierten Menschen in der sogenannten Völkerschau, die dazu gedacht war, die sowieso schon ereignisreiche Pantomime auf noch exotischere Weise herauszuputzen.

„An der römischen Stadt Cannae angelangt, belagerte der großartige Feldherr Hannibal seine überzähligen Feinde. Man versuchte, sich zuerst diplomatisch zu einigen, doch die hochmütigen römischen Feldherren ließen sich von dem Karthager nicht einschüchtern. Und letztendlich, zu ihrem Nachteil, nahmen sie den Kampf gegen den unbesiegbaren Hannibal auf."

Ein triumphierender Elefant brach durch die dünnen Stadtmauern und die römische Phalanx nahe den Zuschauern griff an, teilte sich vor dem monströsen Heer, das sich nun in aller Pracht direkt vor den Leuten, die am liebsten vor Angst sofort davongelaufen wären, positionierte. Die Dompteure hielten die Löwen und aufgebäumten Bären in Schach, die Negersklaven, die wirkliche numidische Sklaven waren, standen betrübt in ihren Ketten da, wären lieber in ihren Käfigen geblieben, um dem seligen Müßiggang zu frönen.

Da stürzte einer der bunt gekleideten Statisten vom Elefanten und wurde von demselben ganz unglücklich zertrampelt. Doch der Aufschrei der Zuschauer blieb aus, schien es doch angemessen, dass zumindest einer diesem gewaltigen Heer zum Opfer fiel. Um den gebürtigen Inder weinte schließlich nur seine Frau.

Baptiste würde von dieser Pantomime noch nächtelang träumen: wie sich die römische Kavallerie mit majestätischen Elefanten und blutdurstigen Löwen anlegte; wie sich grimmige Bären auf kampfbereite Fußsoldaten stürzten; wie Spieße und Pfeile durch die Luft flogen und schließlich doch niemanden trafen; eine gewaltige, theatralische Schlacht, wie sie ihresgleichen suchte.

Die Sonne war im Begriff, komplett hinter dem Horizont zu verschwinden, und das Feuer der Fackeln tauchte den Kampf um Cannae in einen gespenstischen Schein, bis schließlich alle römischen Statisten und ihre Pferde daniederlagen und die triumphierenden Elefanten durch ihre Rüssel tröteten, die erbarmungslosen Wildkatzen brüllten und fauchten und von ihren Peinigern an den Leinen zur Ruhe gezwungen wurden.

„So trug sich der siegreiche Kampf des großartigen Heerführers Hannibal um Cannae zu, so besiegte er die arroganten römischen Feldherren auf ihrem eigenen Territorium. Bis heute gedenkt man dem Heldenmut dieser apokalyptischen Armee, die das römische Reich in Stücke geschlagen hatte – und letztendlich selbst an ihrer eigenen Gier und Lüsternheit zugrunde gegangen war."

Bei diesem Stichwort ließen sich nun alle in der Arena anwesenden Tiere zu Boden und die Krieger knieten demütig vor dem Publikum, das, im ersten Augenblick erschrocken, auf den Beifall vergaß.

Das blonde Mädchen auf der Bühne gab ein herzzerreißendes Lied zum Besten und die Tiere im Circus Hannibal wurden sichtlich unruhig. Tosender Applaus aus dem Publikum, bei dem Lärm hielt man die Tiere kaum im Zaum. Ein letztes liebevolles Ballett sorgte für ein feinfühliges Abklingen: die Pantomime war zu Ende.

Die Massen zwängten sich durch das enge Tor. Das beglückte Publikum stieg in seine wartenden Kutschen und galoppierte davon. Die Tiere wurden nun versorgt und Dunkelheit legte sich über die Arena. Der letzte gesungene Ton verstummte und nur mehr die Stimmen der Menschenmasse geisterten durch die Luft. Bisweilen hörte man einen Löwen fauchen, einen Bären brummen, einen Elefanten schnauben.

Baptiste kletterte benommen vom Baum: Eine Idee kristallisierte in seinem Kopf. Und am Weg zurück zu seinen Kameraden hatte er einen Plan ausgeklügelt, wie man schließlich zu einer revolutionären Gefolgschaft gelangen konnte, um dem unbarmherzigen Staat einen gewaltigen Schlag zu versetzen.

Der Rote Pierre geisterte durch Baptistes Gedanken: „Wenn du etwas Großartiges, etwas Wunderbares leistest, dann lebst du etwas länger als der Rest, vielleicht an die tausend Jahre, vielleicht sogar länger. Auch wenn du hell erleuchtest auf dieser Welt, irgendwann erlischt dieser Stern. Alles scheint vergebens: Wozu leben, denken, fühlen, sterben? Muss es immer weiter und immer schneller und immer besser gehen? Ja! Hell erleuchten, dann blüht das Licht bis ins Weltall und setzt sich in alle Ewigkeit fort, und irgendwann wird dann dieses Licht eingefangen und man erkennt noch aus größter Entfernung: Etwas Außerordentliches ist entstanden! Der Scharfsinn ist ein Geschenk, das Herz die angemessene Strafe. Man muss dem Leben einen Sinn geben, nicht sinnlos dahinvegetieren. Erledigt Grandioses, dann erinnert man sich eurer, solange Menschen auf der Erde weilen! Bezwingt zuerst euch, dann erst den übermächtigen Feind! Werdet zu einem revolutionären Menschen! Kämpft, immer vorwärts, bis zum Sieg! Immer vorwärts, bis zum Sieg! IMMER VORWÄRTS – BIS ZUM SIEG! Befreit die Unterdrückten und bietet ihnen ein besseres Leben! Sprengt die Ketten der Herrschaft, stürmt die Paläste der Ministerien und präsentiert den Kopf des Kaisers dem Volke, so wie sie es damals in meiner Heimat erledigten: Der Kaiser ist tot, hoch lebe der Kaiser!“

Im verglühenden Feuer dieser Erinnerung an Pierres Worte schlief er schließlich bei Sonnenaufgang ein, gut getarnt im

Unterholz, so wie er es seit Tagen und Wochen mit Immanuel praktiziert hatte. Kurz sorgte er sich um die beiden Bären, die nun alleine unterwegs waren, und befürchtete, Wilderer würden sie schlafend im Geäst aufstöbern und schlachten und sich an ihren Tatzen verlustigen.

Doch auf Immanuels Vernunft vertrauend gedachte er schließlich der vielen, von den Menschen zum Schauspiel gezwungenen und misshandelten Tiere, die nun an diesem Tag ruhten, bevor sie morgen ihre letzte Vorstellung in dieser Gegend darboten: Dem Menschen muss diese gewaltige Armee aus wilden Tieren in ihrer Wahrhaftigkeit präsentiert werden! Es würde sich schon zeigen, wer wem Untertan werde! Die menschliche Schwäche bricht zutage und schließlich dringt die Wahrheit ans Licht!

Baptiste schlief tagsüber, erwachte aber, als er Schritte im Unterholz vernahm: Immanuel und Coco, beide erschöpft von den weitläufigen Umwegen, um den Menschen zu entkommen, die sich mit Flinten auf so seltene Bären immer freuten – da kämen ihnen diese zwei gerade recht, besonders wenn einer so groß und mächtig war wie Coco. Immanuel hatte Baptistes Fährte in der Nase getragen und sie waren ihm einem Tag später des Nachts gefolgt. Baptiste hatte seinen Weg gut markiert und auch Coco lernte langsam wieder, Witterungen aufzunehmen.

Ordentlich aufgeregt erzählte Baptiste von der Pantomime und bestätigte Cocos Geschichte, meinte, er hätte noch nie zuvor

etwas Vergleichbares gesehen: Die Hölle hatte sich mit gewaltigem Elfenbein aufgetan und beliebte das gemeine Menschengeschlecht in sich aufzunehmen. Immanuel war ob der vielen unverständlichen Worte verwirrt: Hölle, Elfenbein, Menschengeschlecht? In seine Nase drangen die fremden Fährten der unbekannten Wildnis, die sich mit der ranzigen Zivilisation vermischten und zu einem unerträglichen Gestank zusammenbrauten.
Baptiste erklärte ihnen den seiner Meinung nach genialen Plan, doch Immanuel hielt ihn für grausam und verrückt. Coco gelobte, dienlich zu sein und sich als Tanzbär, der er auch war, auszugeben. Auch er hatte Pläne, doch behielt er sie aus Scham für sich, denn sie waren von niederer Natur.
Im hellen Mondschein stiegen sie gemeinsam aus dem Dickicht und näherten sich dem Lager der Zirkustiere. Menschen sangen und feierten betrunken grölend und lachend am Feuer. Baptiste leuchtete sich mit einer Fackel den Weg, ohne aufzufallen, da er im Schatten unerkannt blieb und mit zwei wilden Tieren einherschritt, folglich nur ein Zirkuskamerad sein konnte.
Das Rauschen des Flusses übertönte alle anderen Geräusche. Die Löwen und Bären ruhten in ihren Käfigen, die unruhigen Elefanten schnauften, rissen an ihren eisernen Ketten.
Unauffällig machte man die angebundenen Pferde los, die Schleusen der Gehege wurden geöffnet und jede Fessel gekappt. Keiner der Zirkusleute bemerkte etwas, alle waren sie benebelt und feierten lauthals, als wäre es der letzte Tag auf

Erden – instinktiv schienen sie es wohl zu ahnen, dass ihnen nicht mehr viel Zeit blieb.

Baptiste platzierte die Fackel unter einem Haufen Holz, das nach dem Roden und Verbrennen zum Bau des Zaunes und der Tribüne herangezogen wurde. Langsam züngelte sich das Feuer durch die hölzernen Leckereien, Funken stoben auf das Stroh und den errichteten Holzzaun, der bald, durch den Wind angefacht, in ein Höllenfeuer verwandelt wurde.

Auf Immanuels Rücken sitzend überquerte Baptiste den Fluss und man ließ sich am Waldrand nieder, um die verhängnisvollen Auswirkungen der bedrohlichen Feuersbrunst zu beobachten.

Coco war nicht hinter ihnen geblieben und Immanuel berichtete nun, dass jener auf der Reise hierher sehr schweigsam gewesen war. Zwei Mal war man auf Menschen getroffen und jedes Mal konnte er sich nur schwer davon abbringen lassen, sie zu meucheln.

„Die Menschen sind schlecht", hatte Coco einmal kurz vor dem Einschlafen gesagt. „Erst füttern sie uns, dann peinigen sie einen bis aufs Blut, solange, bis man meint, die Qual wäre gewöhnlich! Man ertränkt seinen Kummer im alkoholischen Honig, weil es nicht mehr auszuhalten ist. Sehnsüchtig wartet man auf das Ende. Als ihr mich schließlich befreit habt, war ich mit dem Tod schon auf Du und Du. Aber jetzt kommt die Zeit der Freiheit! Jetzt kommt die Zeit der Vergeltung! Man muss das Beste daraus machen!"

Des nachts war Coco sehr verzweifelt gewesen, denn er darbte nach seinem gespickten Honig. Er zitterte, schwitzte, wütete bei jeder Kleinigkeit. Man brach schließlich in einen Bauernhof ein und tötete alles, was einem zwischen die Pranken kam, nur um zu dem Gift zu kommen.

Baptiste war besorgt: Was hatte Coco in diesem brennenden Zirkus vor?

Die Feuersbrunst war nun auch zu den Menschen vorgedrungen, die laut rufend mit Eimern zum Fluss liefen – da fiel auch schon ein Löwe über den Ersten her und ein wahnsinniges Geschrei ging los.

Ähnlich wie im chinesischen Schattentheater erblickte man nun vor dem Feuer die Schatten der monströsen Tiere, die sich an den verzweifelten Menschen verlustigten. Die furchtbaren Schmerzensschreie mischten sich mit dem Gebrüll der blutdurstigen Bestien, die nun ihren Hunger stillten; man vernahm das rohe Prusten der Elefanten, die aus Panik vor dem Feuer alles zertrampelten; das elendige Schnauben und das mitleiderregende Wiehern der Pferde, die mit brennendem Fell verendeten, mussten weit bis zur Zivilisation hörbar gewesen sein.

Kaum jemand schaffte es mit einem vollen Eimer Wasser zum Feuer. Im Dunkeln begriffen viele nicht, dass die Flammen ihr kleineres Problem waren, bis sie vor einem Bären standen, der sich wütend auf sie stürzte. Für die Raubtiere war es ein Fest: Die Lanzen und Musketen waren verlegt oder ungeladen, der

Alkohol im Blut ließ die Menschen harmloser werden. Aber man nahm den Tod trotzdem nicht auf die leichte Schulter, sondern wehrte sich vehement mit bloßen Fäusten. Brennende Pferde brachen durch den Holzzaun und galoppierten laut wiehernd über die Weiden. Die Tribüne fing schließlich als letztes Feuer und wurde von den tobenden Elefanten zu Kleinholz zerschlagen.

Baptiste fragte sich, was mit den jämmerlichen Negersklaven geschehen war? *Sind sie ebenfalls den Bestien zum Opfer gefallen oder konnten sich diese Naturmenschen mit Hilfe ihres natürlichen Instinktes in Sicherheit bringen?*

Drei Schatten bewegten sich am Fluss: Coco überquerte mit zwei weiteren Bären den Fluss. Kurz bevor sie bei ihnen am Waldrand angelangt waren, bemerkte Baptiste, dass der Tanzbär etwas im Maul trug, das nun in seinen Schoß fiel: ein abgerissener Kopf, der ihn mit schmerzverzerrtem Maul stumm anschrie.

„Das ist die Wurzel allen Übels: mein grausamer Dompteur, der meine Familie meuchelte und schließlich mich gequält und zu einer Witzfigur – zu einem Tanzbären! – gemacht hat."

Baptiste spießte den Kopf auf seiner Lanze auf, dann stieß er sie in die weiche Erde am Fluss – als Zeichen, dass dieser Vorfall kein Unfall gewesen war; als gerechte Strafe für die Menschen, die sich das Recht herausgenommen hatten, über wilde Tiere zu herrschen; als Zeichen dafür, dass unmenschliche Handlungen letztendlich Konsequenzen für den

Täter haben und man sich nun besser vorsieht, Respekt erweist, Achtung vor dem fühlenden Lebewesen zeigt.

„Darf ich vorstellen: Das sind meine langjährigen Kameraden Bukowski und Wojtek, ursprünglich aus den nördlichen Gefilden, ebenso wie ich von skrupellosen Menschen zum Tanzen, Ringen und Schauspielern gezwungen."

Zwei gewaltige Braunbären bäumten sich vor Baptiste mit größenwahnsinnigem Imponiergehabe auf. Wirklich beeindruckt dachte er: *Das sind Bären, so wie ich sie benötige: ungeheuerlich, gnadenlos und brutal. So werden wir dem Kaiser und seinen Ministerien einheizen!*

Gemeinsam saß man am Waldrand beim Fluss und wartete, bis das Feuer heruntergebrannt war. Der aufgespießte Kopf öffnete langsam seinen Mund. Die Morgensonne tränkte den rauchenden Schauplatz in ihr blutiges Dämmerlicht. Überall lagen Kadaver, von Mensch und Tier, verkohlt oder zerfetzt. Die letzten Pferde, die überlebt hatten, waren schon lange über die weiten Felder verteilt, dazwischen konnte man Elefanten beim Fressen beobachten. Ein Löwe labte sich an einem toten Pferd, ein anderer lag am Dach eines unbeschadeten Zwingers und schlief.

Coco war zufrieden. Immanuel war ob der Grausamkeit bestürzt, aber er verstand die Notwendigkeit dieser Erbarmungslosigkeit. Wojtek schnarchte. Der Bär Bukowski war in Gedanken versunken und blickte bekümmert drein.

Da tauchte plötzlich ein nackter schwarzer Mann aus dem Fluss auf: einer der Negersklaven, zitternd vor Angst und Kälte, und alleine.

Coco war noch im Blutrausch und wollte diesen Mann zum barmherzigen Schöpfer hochfahren lassen, doch Baptiste schrie ihm nach, lief zu dem gepeinigten, aber muskelbepackten Neger und stellte sich vor ihm hin: „Halten Sie ein, Kamerad! Dieser Mann ist einer von uns, ein Gepeinigter, ein Ausgestoßener! Würde ihn die Obrigkeit auf der Straße antreffen, knüpften sie ihn sofort an den nächsten Baum oder hielten ihn auf Lebzeiten im Ketten! Ich bin sicher, er wird uns in unserem Kampf gegen die Obrigkeit und das Bärensterben eine wertvolle Hilfe sein! Sehen Sie nicht? Er war wie Sie in Ketten – und jetzt wird auch er den Wunsch haben, den Schuldschein als Gläubiger mit vollem Recht einzulösen."

Coco blickte auf die beiden Menschen herab und zog seine tödliche Tatze wieder zurück. Es gelüstete ihn nach mehr Menschenblut und nun musste er sich woanders umschauen.

Bukowski lief zu ihnen hinzu und schrie aufgebracht, als hätte man ihm furchtbares Unrecht angetan: „Du dummes Arschgesicht, wie kannst du Wurm es wagen, uns Vorschriften zu machen! Du Menschlein, nur weil du uns verstehen kannst, bist du noch lange keiner von uns. Du bist klein und schwach und ich zerhaue dich mit einem einzigen Pratzenhieb!"

„Beruhigen Sie sich, mein Freund Bukowski", redete Coco auf seinen aufgebrachten Kameraden ein. „Das ist derjenige, der

mich in den Wäldern vor dem Tod bewahrt hat. Ja, es ist wirklich wahr! Es gibt auch solche, gerechte Menschen, die Mitleid empfinden. Menschen, die an die Wahrheit glauben – die Wahrheit über die Gleichberechtigung aller Lebewesen!“
Bukowski brummte noch etwas, bäumte sich brüllend auf und schlug äußerst bedrohlich mit den Vorderpranken auf den Erdboden. Dann drehte er sich um und trabte schmollend durch den Wald davon, zurück in Richtung der Berge. Wojtek, Coco und Immanuel folgten ihm, dann schritten Baptiste und der muskulöse Ureinwohner eines fremden Kontinents durchs dichte Unterholz, bis man an eine Höhle kam, wo sie sich zur Ruhe legten und brummend schliefen.

In der Entfernung zerrüttete der erste Schuss die Stille: Nun begann die Jagd nach den Bestien.
Baptiste hatte ihre Spuren so gut er konnte verwischt und den Weg zur Höhle verstellt. Dann legte er sich ebenfalls zur Ruhe und träumte davon, als Hannibal der Große auf Immanuel reitend, mit einem Heer tollwütiger Bären über die Berge in die Kaiserstadt zu stürmen und alles kurz und klein zu schlagen, Freiheit und Gerechtigkeit für die Unterdrückten, die Rechtlosen zu bringen. Und der skrupellosen Obrigkeit, dem mitleidlosen Ministerium, der gewissenlosen Aristokratie, schließlich auch dem gnadenlosen Cäsar selbst, die gerechte und angemessene Strafe zuzuführen.

DIE ANKLAGE

Es war nun einige Zeit vergangen.

Baptiste und Nono (der Exot aus dem Zoo) wurden vom sogenannten Bärentribunal grausamer Verbrechen an den Bären angeklagt – einfach aus dem fundamentalen Grund, eine von diesen Bestien genannt ‚Mensch' zu sein. Ein Grund, den Baptiste nur zu gut verstehen konnte, denn als Mensch hatte man grundsätzlich nicht viel übrig für das Leben eines Bären, eines Wolfes oder eines jeden anderen Lebewesens, das ihm angeblich zum Verhängnis gereichen könnte.

Obwohl er sich keiner Schuld bewusst war und sich der Verteidigung seiner Kameraden Immanuel, Coco, Bukowski und Wojtek gewiss sein konnte, fühlte er sich trotzdem jämmerlich: Er war umringt von einem guten Dutzend abgeschabter Bären mit zerschlissenem Fell, das sich schon von den ausgezehrten Körpern löste, und man sah ihnen an, dass sie sich vom Bärentribunal ein Todesurteil erhofften, unabhängig davon, ob er für schuldig befunden wurde oder nicht. Man brüllte ihn an, wollte ihm Angst einflößen, um ihn zur Flucht zu bewegen, was ein hervorragender Vorwand dafür gewesen wäre, ihn gnadenlos abzukehlen.

Doch Baptiste blieb trotz der Einschüchterungsversuche standhaft, machte keine Anstalten zu fliehen, obwohl ihm der Schrecken tief ins Gebein gefahren war. Seine treuen Bärenkameraden hatten ihm bei all den lauernden Gefahren der letzten Wochen vertraut – jetzt musste er sein Leben in ihre Pranken legen.

Das Bärentribunal wurde von dessen Anführerin, der bärbeißigen Bäroness Anastasia aus dem fernen Kaukasus, geleitet. Sie war eine so gigantische Bärin, dass es keiner der übrigen Bären wagte, sich ihr zu widersetzen. Überdies hatte sie sich eine Reputation als grausame Menschenschlächterin angeeignet: Damals, vor ihrer Zeit als Anführerin, hatte sie die männlichen Bären, die sich an ihren Babys zu vergreifen gedachten, immer erfolgreich abgewehrt. Doch als es dann zwei heimtückischen Wilderern aus dem Hinterhalt gelungen war, ihren Kleinen das Fell zu verbrennen, da verließ sie die Vernunft und sie zerfleischte – trotz der immanenten Gefahr – die Mörder in Tausend Fetzen. Selbst, als jene noch laut schreiend an ihrem Leben hingen, zerrte sie sie vor den Augen anderer Bären an ihrem Gedärm durch den nächtlichen Wald und stampfte sie voller Wut in die Erde, bis zwischen leiblichem Kadaver und Waldboden kaum mehr ein Unterschied auszumachen war. Anschließend verschlang sie unter Tränen ihre ermordeten Bärenkinder, denn niemand sollte sich an ihnen vergreifen dürfen. Sie schwor sich in ihrem überwältigenden Zorn, von nun an jeden Menschen ohne Gnade zu meucheln, selbst wenn es sich nur um einen unschuldigen Säugling handelte, denn selbst dieser würde zu einem gemeinen Barbaren herangezogen werden und ihnen,

den Bären, früher oder später gefährlich werden und unbarmherzig das Fell über die Ohren ziehen.
Doch nicht nur die fehlende Nahrung belastete die darbende Bärengefolgschaft unter Anastasias Führung: Der Wald selbst, Lebensraum und Ruhestätte zugleich, schrumpfte von Tag zu Tag. Die Menschen rückten auf, von allen Seiten kamen sie näher. Kein Morgengrauen verging ohne einen Schuss aus dem Hinterhalt. Dort, wo man im Vorjahr noch beschaulich hauste und zwischen meterhohen Bäumen schwelgte, war jetzt alles rücksichtslos abgeholzt, abgebrannt bis auf den Grundboden, zu heißer Asche verkohlt oder zu Zahnstochern zerschlagen. Wohin man auch vorrückte, überall gelüstete es den Menschen nach Bärenfell und Pranken. Schüsse hier und da, grausame Bärenfallen, vergiftete Kadaver, als Köder ausgelegt. Die Bären, halb wahnsinnig vor Verzweiflung, fielen sich in schwachen Momenten gegenseitig an, bis die Bäroness unwirsch für Ruhe sorgte. Nun dünkte den Bären Baptiste als besonders einfacher Leckerbissen – Immanuel und die anderen Kameraden hatten es nicht leicht, ihn vor ihnen zu beschützen.

Nachdem sie die Raubtiere des ‚Circus Hannibal' befreit und mit den neuen Mitgliedern durch den Wald gezogen waren, mauserte sich Baptiste zu einem bemerkenswerten Anführer. Erfolgreich hatte man verschiedene Abenteuer überstanden, doch Anastasia, die barsche Bäroness und angsteinflößende Anführerin, sah in ihm nicht mehr als einen gefährlichen

Störenfried, einen gemeinen Menschen und Spion, der früher oder später in die Zivilisation zurückkehren wollte und sie, die Bären, verraten würde. Entweder, weil er dazu gezwungen wurde, oder aus Gier. Kurzum: Es stand nicht gut um den feinen Baptiste! So war sie beim ersten Anblick nur durch Coco und die anderen Zirkusbären abzuhalten gewesen, ihn und den schwarzen Ureinwohner grausam zu meucheln.

Die Tatsache, dass er, ein Mensch, mit Bären kommunizieren konnte, und dass er mit anderen ihrer Art in guter Freundschaft verbunden war, weichte Anastasias Hass ein wenig auf und sie wollte sich zumindest anhören, was man über ihn zu berichten hatte, bevor er und sein schwarzer Intimus ein prächtiges Mahl für die Bärengefolgschaft abgeben würden. Deshalb konferierte sie nun mit Immanuel und Coco, die ihren Freund um jeden Preis retten wollten. Und sie wollten die Bäroness schließlich für den Plan gewinnen, den Baptiste mit seinen revolutionären Bärenkameraden ausgeheckt hatte.

Tatsächlich wollte Baptiste nicht für immer bei den Bären bleiben. Nur solange diese in unmittelbarer Gefahr schwebten – letztendlich beabsichtigte er nicht nur für die Bären, sondern auch für den unterdrückten Pöbel zu kämpfen: *Mit Hilfe meiner Bärenarmee die Armut, die Ausbeutung, die Unterdrückung, die Versklavung und die Dekadenz abschaffen und neue Regeln einführen, die das Leben gerechter, lebenswerter und vorteilhafter für die Armen machen! Ein revolutionärer Mensch, ein Mensch höchster Gattung werden!*

Jetzt blieb er jedoch ein Gejagter, ein Ausgestoßener, einer, auf den wohl nach all seinen Abenteuern mit den Bären eine ordentliche Belohnung ausgesetzt worden war.

Und, so schien es ihm: Der Bär war ihm näher als der Mensch.

Auf jedem einzelnen Bären lastete ein gemeines Kopfgeld, bezahlt durch dessen Haut und Haar, nur aufgrund der Tatsache, dass er ein Bär war. Doch als Mensch musste man schon einiges leisten dafür: beim Kartenspielen betrügen, ein unschuldiges Kindchen am Strich laufen lassen oder gar einen Priester abkehlen.

Mittlerweile war allerdings die Bäroness Anastasia zur Besinnung gekommen und lauschte den wundersamen Geschichten Immanuels, Wojteks, Cocos und Bukowskis, wobei sich Letzterer sehr gerne theatralisch zur Schau stellte und besonders bösartig über die verächtlichen Menschen herzog (obgleich gerade er an der plötzlichen Befreiung und anschließenden Abwesenheit seiner Dompteure am meisten gelitten hatte).

Der Neger, den Baptiste unterdessen Nono benamst hatte und der anfallende Schergendienste ausführte, schlief den Schlaf der Gerechten – ob er ahnte, dass auch für ihn die Gefahr bestand, bald zu seinem Schöpfer hochzufahren? Obwohl er und Baptiste keineswegs dieselbe Sprache teilten, fiel es ihm doch niemals schwer zu verstehen, was man von ihm verlangte. Der gute Nono führte beinahe alles ohne zu zögern aus und erwies

sich bald als ein wertvoller Begleiter im Dienste gegen die Ungerechtigkeit.
Baptiste lauschte angestrengt, doch er konnte nicht hören, wie Immanuel und Bukowski sich für ihn einsetzten. Ob jene es auch aufrichtig zum Besten gaben?

In den Tagen nach der Befreiung der Zirkustiere hatten Mensch und Bär fürchterlichen Hunger gelitten. Man stieg zur gefahrvollen Zivilisation hinab und erbeutete unter Einsatz des Lebens alles, was man zum Überleben benötigte. Die überfallenen Opfer bangten ob der nächtlichen Besuche und sie verhielten sich ganz ruhig, bis die Bären wieder abgezogen waren; am nächsten Tag meldete man es gleich der örtlichen Exekutive, die sogleich in die Wälder ausschwärmte, um die animalischen Plagegeister im Bärlauch zu stellen – doch die gefährliche Gefolgschaft war natürlich längst davon.
Auf der nächtlichen Flucht vor den Meuchlern kam man an einen kahlen Bergkamm, wo sich im fahlen Mondlicht ein Friedhof auftat, höchst unfreiwillig, wie es anmutete: Die verfallenen Reste nackter Wölfe, deren Pelze wohl schon den Nacken so mancher Jugendliebe zierten, lagen um ein mit Strychnin kandiertes Schaf, das sich als gemeingefährlicher Köder dargeboten hatte. Den hungrigen Bären fiel es sichtlich schwer, die Kadaver einfach so verrotten zu lassen, doch Baptiste warnte sie, dass es ihnen wie den Wölfen erginge,

verlustigten sie sich an deren Überresten. Mit gefülltem Bauch war der Verzicht einfacher.

Schnell war man wieder dahin, denn dort, wo vergiftete Lockspeisen lauerten, waren auch die Wilderer und Gendarmen nicht weit. Und man zog sich weiter zurück in die tiefsten Wälder der ansteigenden Berglandschaft. Versteckte Gruben und getarnte Höhlen waren die bevorzugten Schlafplätze am helllichten Tage. In der Nacht schritt man voran, möglichst weg von den Menschen. In die Zivilisation wagte man sich nur, wenn es im Magen schmerzhaft rumorte und keine andere Möglichkeit mehr bestand, sich den Ranzen zu füllen.

Diejenigen von den Bären, die so lange unter der Aufsicht der Menschen gelebt hatten, taten sich schwer, ihre gewonnene Freiheit als einen tatsächlichen Gewinn anzusehen. Coco war für gewöhnlich missmutig ohne Bärenfang und wünschte sich nichts sehnlicher, als einen gemeinen Menschen auszuweiden. Wojtek verweigerte das Essen, das Immanuel ihm geraten hatte – Wurzeln, Insekten und dergleichen –, bis ihn das ewige Wandern so sehr abgemüdet hatte, dass Baptiste mit Nono und Immanuel einen bäuerlichen Hof plünderte. Schließlich stritt man sich um das einzige magere Hühnchen und Bukowski fraß es vor Wojteks Augen auf. Dann verlangte er noch eines dieser geschmackvollen Federtiere, damit auch seine Freunde sich sättigen könnten, wobei von tatsächlichem Sättigen keine Rede war, so sehr knurrte ihm noch der Magen.

In der Morgendämmerung sank Wojtek einfach danieder und weinte – daraufhin erlegte Immanuel ein paar Fische in einem benachbarten Fluss, der nahe einer gelegentlich befahrenen Straße entlanglief. Es wurde ihm gewahr, dass man ihn beim Fischen beobachtete, und er erzählte Baptiste davon, der gerade dem nackten Nono einen scharfen Splitter aus der Ferse zog.

Baptiste, plötzlich wie ausgewechselt, erhob sich von Nonos schmutzigen Füßen und gab seine Kommandos, selbstbewusst und präzise, sodass keiner widersprach und sich dem Befohlenen fügte. Tagelang war er wach gelegen und hatte sich diese Situation bis ins kleinste Detail ausgemalt, nun weilte man versteckt im Unterholz und lauschte mit vor Aufregung rasendem Herzen.

Da! – Das Knacken eines Astes, dann noch einmal! Aber keines der ausgemachten Signale von Baptiste: immer näher kommendes Geflüster und Schritte auf trockenem Laub.

„He!", rief Baptiste ganz unerwartet und die Wilderer drehten sich verblüfft nach ihm um – da brach Coco aus dem Gestrüpp: Auf beiden Hinterbeinen stehend grollte er sein abscheulichstes Bärengebrüll, so laut und grässlich er konnte, mit tüchtigen Tatzenhieben gestikulierend. Einer der erschrockenen Wilderer wurde, noch bevor er seine Flinte zum Schuss erheben konnte, von Immanuel über den Haufen gerannt. Er biss ihm sofort in den Hals, damit es, wie ihm Baptiste geraten hatte, nicht viel unnötiges Geschrei gab. Der andere Wilderer, ganz bleich vor Schreck, ließ alles fallen und flüchtete dorthin, von wo er hergekommen war, obwohl es ihm unsinnig dünkte, wie er selbst wusste, vor Bären davonzulaufen – doch die Angst überflügelte die Vernunft! Am Fluss angekommen bemerkte er, dass ihm kein Bär gefolgt war – Baptiste hatte sie zurückgehalten –, und berichtete sofort dem nächsten verfügbaren Gendarmen von seiner eben erfahrenen Episode.

Wojtek verzehrte gemeinsam mit Coco eine herrliche Mahlzeit. Baptiste und sein nackter Neger teilten sich die erbeuteten Waffen und Kleider. Immanuel war sehr unruhig, meinte sichtlich nervös, man sollte so bald wie möglich das Weite suchen, denn der geflohene Mensch würde wohl die anderen alarmieren. Baptiste hieß ihn, sich zu beruhigen, durchzuatmen und nachzudenken: Es war sehr früh am Morgen, das hieß, die nächste Welle an Jägern würde sich noch heute auf den Weg machen, um begierig die beobachteten Bären zu meucheln – hier säße man auf einem strategisch wunderbaren Punkt, wo man von Weitem schon diese Dummköpfe herannahen sehen könnte.

„Wir werden hier, an diesem für uns taktisch vorteiligen Platz, auf sie warten und ihnen ihre Grenzen aufzeigen, bis sie es nicht mehr wagen – nicht einmal mehr im Traume daran denken werden! –, noch mehr von den ihrigen sinnlos dahinzuopfern.“

Natürlich durften sie jetzt keinen einzigen von den Verfolgern entwischen lassen, denn dann wäre ihr vortrefflicher strategischer Vorteil verloren. Aber nachdem sie sich um die nun nachfolgende Meute gekümmert hatten, würde sich keiner mehr in diesen Wald trauen. Für einen Moment lang könnte man sich sicher wähnen und in aller Ruhe ausrasten, speisen und vielleicht sogar etwas Bärenfang ergattern.

Immanuel blieb skeptisch, denn seine Bärennatur war nun einmal so – und er ließ sich nicht gerne zu grausamen Diensten vergattern.

„Bärengenossen", schrie Baptiste lauthals, „wir haben Hunger! Wir haben Durst! Man will uns das Fell über die Ohren ziehen! Doch wir werden es diesen Imperialisten und Mitläufern der Ungerechtigkeit zeigen und ihnen die nun fällige Rechnung präsentieren, ihnen den gebührenden Respekt einbläuen, den wir als Revolutionäre für eine gute Sache verdienen. Tut einfach, wie ich es euch einsage, und wir werden in Bälde ein Fest feiern!"

Der verletzte Mohr lag leise wimmernd im Busch und untersuchte besorgt seine schmerzenden Füße. Die aufgeweckten Bären spitzten die Ohren und lauschten, wie sie Baptiste mit den Worten des Roten Pierres, seines alten Räuberhauptmanns, belehrte. Dann nahm Baptiste Nono am Arm und sie versteckten sich auf einer Anhöhe im Gebüsch, von wo sie den besten Überblick über das vor ihnen liegende Waldstück hatten.

Gehetzt von Gier nach dem so teuren Bärenfell und den Pratzen eilten die Verfolger bald den Berg hoch. Mit Flinten und Messern bewaffnet ließ man keine Sorgfalt walten, denn einen Bären zu töten, das hatte man schon als Kind erlernt, damals, als tatsächlich noch viele Braunbären in den hiesigen Wäldern ihr Leben zubrachten.

Nun brach für die ahnungslosen Menschlein, die sich gerade noch ein zünftiges „Weidmannsheil!" zugerufen hatten, die Hölle herein: Urplötzlich stürmten rasende Bären aus allen Richtungen auf sie los. Der Anblick der brutal zugerichteten Kollegen verstörte so sehr, dass man ob dieser unangenehmen Überraschung vergaß, die Flinten und Lanzen zu verwenden.

Nur kurz wehrte dieses Gemetzel, keiner hatte diesen hinterhältigen Angriff erwartet. Körperteile, Eingeweide, furchtbares Gebrüll aus den tiefsten Kehlen der Verzweiflung – dann war es wieder still in den Wäldern dieser Provinz.

Baptistes Brust war so voller Stolz, dass er am liebsten seine kleine tapfere Armee sogleich in ein unterdrücktes Dorf geführt und dieses von der gemeinen Obrigkeit befreit hätte. Doch er musste sich bremsen und sich eingestehen, dass es dafür noch zu früh war. Noch pulsierenden Blutes hielt er seinen treuen Diener mit der wehen Ferse an, die abgetrennten Köpfe der Verfolger auf Spieße zu pflanzen und den soeben geschaffenen Friedhof damit abzustecken, während sich die hungrigen Bären an den Gemeuchelten labten. „Als Warnung!", wie Baptiste Nono mit gehobenem Zeigefinger einbläute.

Niemals wusste er, wie es um das Verstehen Nonos stand, denn manchmal tat er sofort, wie ihm geheißen, zuweilen jedoch sträubte er sich, wie eben – doch mag es auch an der Natur der

Sache gelegen haben, frische Menschenköpfe wie Steckfische zu behandeln. Nachdem er es ihm vorgemacht hatte, tat es ihm Nono zögerlich nach.

Hier nun, inmitten der hungrigen Bären, die auf die Verurteilung warteten, überlegte Baptiste: Falls es ihm wirklich gelänge, sich dem Sensenmann zu entziehen, dann hätte er eine noch viel größere Gruppe von revolutionären Bären zu befehligen. Aber er war kein Dompteur, nur ein Spieler und Vagant, vielleicht noch ein räudiger Heiratsschwindler oder garstiger Zuhälter, gebührliches Mitglied einer Räuberbande oder braver Sohn eines fahrenden Scholars – ein bedeutungsvoller Anführer jedoch war er niemals zuvor gewesen. Man möge ihm nun seinen Sündenfall, der nur darin bestand, nicht als Bär geboren zu sein, verzeihen. Wenn er nur die Chance erhielte, die Dukaten der gebürtigen und nicht etwa hart arbeitenden Reichen zu entreißen und unter den Armen und vor Hunger Verkümmerten zu verteilen. Und schließlich die Bären Bären sein zu lassen, ihnen ihren Lebensraum zu erlauben, und ihr Leben zuweilen mit einer unübertrefflichen Ballade eines Barden zu lobpreisen.
Würde ihm all dies irgendwann gewährt, dann könnte er sich letzten Endes beruhigt und nackt in den nassen Klee legen, sesshaft werden und mit einem wunderbaren Weibchen den Ritt in den Familienstand antreten.

Nach diesem erfolgreichen Tag, nämlich des Nachts bei der versprochenen Festlichkeit, tief im Wald versteckt, fragte Coco, der Schlächter, Baptiste: „Glaubt Ihr, mein werter Baptiste, trotz all dieser erlebten Ungerechtigkeiten und Gewalttätigkeiten, an den Gott, den so viele Menschen – völlig zu Unrecht, wie mir scheint! – verehren?“

Baptiste war ganz erstaunt von dieser eigenartigen und unerwarteten Frage eines Tieres, das eigentlich nichts von Gott wissen konnte, und meinte auch gleich ganz überrascht, mit etwas unglücklichem, weil unfreundlichem Tone: „Was weiß denn ein Bär aus dem Zirkus von unserem Gott, dem Allmächtigen? Ist das nicht Blasphemie, mit einem Bären über solche theologischen Angelegenheiten zu plaudern?“

„Ihr Menschen“, meinte nun Coco schulmeisternd, „ihr redet ja von nichts anderem als von diesem barmherzigen Gott, der alles und jeden erschaffen haben soll. Er bestraft und verzeiht und hat ein Ohr für jedes Gebet. Zumindest meinen so die Menschen, denen ich bisher begegnet bin. Ich als Bär hingegen bin unschlüssig, ob nicht die Natur dem Menschen mit dem Intellekt einen Streich gespielt hat: Er macht sich so viele Gedanken, die schlussendlich zu nichts führen. Wie wir Bären werdet ihr geboren, müsst essen und trinken, ruhen, wollt euch fortpflanzen und landet am Ende in der Erde, dem Gewürm zum Feste. Was ein sogenannter barmherziger Gott damit zu schaffen haben soll, bleibt mir wohl ewig ein Geheimnis.“

Baptiste betete sehr selten, Kirchen betrat er nur im Hungers- oder Zweifelsfall. Von Jesus wusste er gerade so viel wie vom Kaiser, also das, was ihm sein seliger Vater darüber beigebracht hatte. Doch die Worte des Roten Pierre, seinem wahren Erzieher, tönten noch immer in den Ohren, so, als wären sie erst gestern beisammengesessen. Einer seiner Räuberkumpanen gefiel sich derartig in einer Frage über Gott, wie sich nun Coco gegenüber Baptiste gefallen hatte. „Gott", hatte daraufhin der Rote Pierre gesagt, „ist nichts anderes als die Frage nach dem Woher und dem Warum, also die Urmutter aller Fragen, die in uns allen steckt. Gott hat nichts mit der Theologie zu tun, da kann sie noch tausend Mal Theologie heißen, nein! Gott hat nichts mit Religion zu tun, denn die Religion gibt dem Pöbel seit Jahrhunderten vor, wie er zu leben hat: die zehn Gebote, die Kardinalstugenden und die Todsünden!" Nach einem kräftigen Schluck Rotwein hatte er noch leise hinzugefügt: „Gott selbst gibt uns gar nichts vor, denn er steckt in jedem von uns, quält uns mit den so sinnlos scheinenden Fragen, die sich während eines Lebens aufdrängen – und beantwortet sie schließlich doch noch auf eine befriedigende Art und Weise. Eine Antwort, die jedem seine eigene persönliche Wahrheit ist. Das ist unser barmherziger Gott, nicht mehr, aber auch nicht weniger."

So oder so ähnlich wiederholte es Baptiste seinen Bärengenossen, doch die schienen nicht sonderlich interessiert an den Weisheiten des Roten Pierres zu sein. „Ein abstraktes

Gefasel eines Verwirrten“, wie Bukowski lauthals meinte. Wojtek kicherte und der beduselte Immanuel versuchte vergeblich darüber nachzudenken.
Wojtek erzählte daraufhin von seinen russischen Verwandten, die den Bärfüßern angehört hatten, einer Gruppe geistlicher Bären, die davon berichteten, nach dem weltlichen Ableben an Bord einer Bärenbarke auf eine weit entfernte Insel zuzusteuern, dem Paradies für Bären, gleichsam einem bärigen Walhalla, in dem die Moraste aus Honig bestanden und einem freiwillig Lachs aus dem kristallenen Fluss ins esslustige Maul sprang.
Baptiste konnte sich die Heiterkeit nicht verkneifen, Wojtek verstummte beleidigt und wünschte sich, auch er wäre nun auf der Bärenbarke, auf zu dieser sagenumwobenen Insel, um diesen Gemeinheiten zu entgehen. Denn immerhin hatte er diese Geschichte nicht erfunden und sie könnte genauso gut wahr sein, so wie die Existenz eines barmherzigen Gottes. Er legte sich zum schon schnarchenden Nono und fluchte sich kleinlaut in den Schlaf.

In den Nächten nach dem Feste zog man schweigend durch die Wälder.
Baptiste dachte angestrengt über einen gemeinsamen Plan nach. In der Abenddämmerung schlich er sich im Gewande der abgekehlten Gendarmen, mit einer Flinte bewaffnet, zu den Häusern und bäuerlichen Höfen, um die dort wohnenden

Menschen darauf aufmerksam zu machen, dass Bären die Gegend terrorisierten und gefährlicher waren denn je. Und man sollte ja in seinen Häusern bleiben, bis sie, falls sie sich wirklich der Zivilisation näherten, wieder abgezogen waren. Naturgemäß hielten sich die wenigsten daran, und schon mit der Idee von teuren Bärenfellen im gierigen Schädel und Pratzen auf dem imaginären Teller vor sich sehend, stürmte man mit allerlei Lanzen und Flinten in den Wald, wo schon die Bärenfreunde im Hinterhalt warteten.
Doch davon wusste man noch nichts bei den Menschen und man versorgte den vermeintlichen Gendarmen aus Dank für die Warnung mit allerlei Marschverpflegung nebst Met und Schnaps, also das, was Coco und die anderen Zirkusbären so gerne tranken, um nicht ungemütlich zu werden.
Wenn dann der verkleidete Baptiste wieder in die Wälder verschwand, fand er seine Freunde sich schon an den voreiligen Wilderern labend vor. Er teilte sich den Proviant mit seinem Gehilfen Nono, der ihm mit Lauten dankte, die eher einem Tier als einem Menschen zugeordnet werden konnten, denn es sprach sich so schwer ohne Zunge. Ein Lachen oder eine Träne bedurfte ihrer nicht – und das genügte Baptiste zur Kommunikation mit seinem hilfsbereiten Nono, der all die erbeuteten Sachen einsammelte und schließlich die abgerissenen Köpfe auf Lanzen spießte, wie es ihm sein Herr vorgemacht hatte.

Und kam eine Kutsche des Weges, den sie zufällig kreuzten, dann lag Baptiste auf der Lauer und ließ Coco am Weg verweilen, um die heranbrausende Kutsche zum Einhalten zu zwingen. In Kutschen reisen keine Armen, wusste Baptiste und hatte keine moralischen Bedenken, die Fahrgäste zum Aussteigen zu bewegen, sie um ihre Wertsachen und Kleidung zu erleichtern und schließlich die Bären aus allem Kleinholz machen zu lassen. Nur die Pferde ließ man frei. Später behielten sich Baptiste und Nono zwei wunderschöne Araber, um das sonst mühselige Fortschreiten zu erleichtern. Gelegentlich ließ man auch einen verängstigten Fahrgast in seiner Unterwäsche laufen, damit er von den Taten der Bären Kunde verbreiten konnte.

So hatte sich Baptiste in der letzten Zeit die Taschen gefüllt. Selbst sein stummer Mohr war beritten und trug mittlerweile recht ansehnliche Kleidung nebst herrlichen Stiefeln. Die Moral der Bären war gestärkt und sie hätten es am liebsten mit einer ganzen Kaserne voller Soldaten aufgenommen. Übermütig knurrte man des Nachts die lauschende Zivilisation in den Schlaf, und die Menschen bekamen Albträume, in denen die Bären im Mondlicht in ihre Häuser kämen, um ihnen die Kinder aus der Krippe zu fressen.

Immer seltener schwärmten die Menschen in die Wälder, aus Angst, ihren Kopf auf einer Lanze wiederzufinden. Die Reisekutschen, die durch dieses Gebiet zogen, wurden zum Teil von berittenen Soldaten schwer bewacht, vorausgesetzt man konnte sich diesen Luxus leisten.

Von all dem hatte der theatralische Bukowski Anastasia nichts erzählt, denn er hatte vergessen, was Baptistes Plan gewesen war. Jedoch konnte er sich genau an dessen Worte am Lagerfeuer erinnern und rezitierte sie so gut er konnte, um die gewaltige Bäroness davon zu überzeugen, dass Baptiste keine Gefahr für die Bären darstellte: „Meine lieben Bären, meine lieben Freunde und Genossen! Jetzt waren wir den ganzen Sommer auf der Hut und haben uns mit Gewissheit einen ordentlichen Ruf verschafft, der seinesgleichen sucht! Einen Ruf, der die Menschen nur an den Gedanken, in die angrenzenden Wälder zu ziehen, erschaudern lässt, egal ob bewaffnet oder gar unbewaffnet. Doch ich muss nebst dem Lobe auch warnen, denn so gierig und geizig die Obrigkeit sein mag, so wenig ist sie auch dumm und wird sich unser Vorgehen kaum länger gefallen lassen. In einem weiten Gebiet ist man dem Bären nur mehr so weit feindlich gesinnt, als dass man ihn ausreichend fürchtet. So weit, so gut! Alleingelassen und geknechtet sind die Menschen für den Kaiser und seine Gefolgsleute kaum mehr als eine Zahl im Steuerbuch! Wir müssen uns einen Vorteil verschaffen und die Menschen dazu bringen, uns ein für alle Mal in Ruhe zu lassen. Aber darüber werden wir später reden, denn erst muss Grundlegendes erklärt werden: Die Gefahr – ausgehend von der Obrigkeit! – wird wohl in nächster Zeit größer werden, deshalb muss auch unsere Organisation straffer werden. Und wir sollten uns von nun an von der gütigen Seite zeigen, um die Landbevölkerung auf unserer Seite zu haben – das ist für den Sieg essenziell! Wir haben genug Bösewichte geschlachtet, nun muss wohlüberlegt werden, wie wir weiter vorgehen, um mit dem Imperialismus und der Bärenhatz vollends Schluss zu machen. Ich werde die Vorhut bilden, da ich das geringste Aufsehen errege. Ihr Zirkusbären Coco, Wojtek und Bukowski, und auch Sie, mein treuer Freund Immanuel, ihr bildet die Hauptgruppe, und Sie, mein ehrenwerter Nono, die Nachhut. Im Folgenden will ich nur das erklären: nämlich, dass die Hauptgruppe Klugheit und Kampfkraft vereinigen muss, und die Nachhut sich darauf zu verstehen hat, die Spuren zu verwischen und notwendige Warnungen anzubringen."

Nono stöhnte beim Klang seines Namens wie zur Bestätigung, dass er alles, oder zumindest das Wesentliche, verstanden hatte.

Und auch die Bäroness Anastasia, die nun Bukowskis brummende Worte vernahm, gab einen zustimmenden Laut von sich. Selbst wenn diese Geschichte sehr fantastisch anmutete und nicht weniger märchenhaft hätte sein können, wenn ein Dichter oder Romancier sie sich aus dem Finger gesaugt hätte, so schien ihr dieser Baptiste nicht ganz dumm zu sein, wandte sie ja auch ähnliche Methoden an, um mit ihrer Bärengruppe über die Runden zu kommen. Wenn es der

Wahrheit entsprach, dass sie in dem bereits durchwanderten Gebiet weitgehend verschont geblieben waren und mit einer dezenten Vorhut ihre Bedrängnis abschätzen konnten, könnte das Leben vielleicht etwas einfacher werden für die vielen Bären, die sie befehligte. Außerdem benötigte so ein Bärennest eine gehörige Menge an Nahrung und diese ergatterte man noch am ehesten in der gefährlichen Nähe der Menschen. Ihnen Angst einzujagen, würde sie dauerhaft nicht vor deren Flinten schützen. Die Bären mussten den Menschen lebend dienlicher sein als tot. Aber wie wollten sie dies erreichen?

Indessen lernten Wojtek und Bukowski einen Bären aus dem weit entfernten Kamtschatka kennen, Ivan, ein schwerer Alkoholiker und ein schon alter, aber weiser Bär. Er erzählte viel von der Gleichberechtigung aller Bären. Ähnlich den Menschen, wo eine tiefe Kluft zwischen Arm und Reich herrschte, war es auch im Osten, am Kaukasus und in Sibirien nicht anders, wo die Bären, die an den Flüssen lebten und den wunderbaren Lachs fischten, anderen Bären, die ebenfalls an den Fluss wollten, keinen Zutritt gewährten und diese langsam aber sicher verhungerten, wenn sie sich nicht mit Beeren und Wurzelwerk den Magen vollschlugen. Ebenso ließ die Obrigkeit der Menschen die Armen unter ihnen am ausgestreckten Arm verhungern, und Baptiste und Nono wären am Ende dieses erwähnten Armes und deshalb könnten sie sich so gut in die gejagten und geschundenen Bären hineinversetzen, wie Ivan äußerte. Doch welchen Vorteil sich dieser Baptiste für sich erhoffte, verstand der Kamtschatkabär nicht, denn er war selbst zu wenig Mensch, um darüber mutmaßen zu können. Sie philosophierten weiter über mögliche Aussichten: Man müsse die Bären am Fluss in Ruhe lassen und sich mit Beeren und Wurzelwerk zufriedengeben, dann gäbe es keine Probleme. Die, die unbedingt Lachs wollten, die sollten sich zum Fluss aufmachen und darum kämpfen. Und wenn sie siegreich waren und wirklich zu einem erfolgreichen Lachsfänger wurden, sollten sie unter den Lachsfängern bleiben dürfen. Oder, wenn sie zurückwollten, dann sollten sie dies ohne Lachs anstellen und über ihre Abenteuer Stillschweigen bewahren, um nicht die Gedanken der an Wurzelwerk und Beeren Gewöhnten zu vergiften. Somit gäbe es eine Zweiklassengesellschaft, die eigentlich keine war, denn jeder hielt seine Klasse für die bessere: In der einen gab es Lachs unter immensem Aufwand, in der anderen eine Schlaraffia der Beeren und Wurzeln, ohne auch nur einen Finger zu rühren. Wenn man Lachsjäger werden wollte, sollte man darum ansuchen müssen, bei der Verwaltung, und wenn man es für möglich hielt, dass der Bär tatsächlich erfolgreich wäre, sollte man ihn ziehen lassen. Doch seine Rückkehr musste erschwert sein, nur unter gewissen Auflagen ermöglicht werden. Am besten wäre es jedoch, wenn man von den Klassen ganz genau wusste, was einen erwartete, und diese, je nach den Charakterzügen des Bären, anziehend oder abstoßend fand. Niemals dürfte ein Lachsfischer unter den Beerenfressern wandeln, und niemals ein Beerenfresser unter den geschickten Lachsfängern, da bildete sich nur Neid und Missgunst, Arroganz und Ignoranz – und das würde am Ende in einen Klassenkrieg ausarten. Die räumliche Trennung wäre von allergrößter Wichtigkeit, ebenso die Einordnung der Bären in ihre Charaktere: ‚nach Hohem strebend' (Lachs) oder ‚mit so wenig Aufwand wie möglich überleben' (Beeren und Wurzelwerk). Es wäre so schön, gäbe es zwei Inseln, eine für die Lachsfischer, eine andere voll mit Wurzelwerk und Beeren – dann wären alle Bären glücklich und zufrieden, davon wäre er, Ivan aus Kamtschatka, überzeugt.

„Was du sagt, klingt einleuchtend", meinte Bukowski wohlwollend, „aber du vergisst, dass wir Bären komplizierte Wesen und nicht so leicht in Lachsfischer oder Beerenfresser einzuteilen sind. Schon der Gedanke, alle wären – innerhalb einer Gruppe – gleich, das muss doch jeden intellektuell anspruchsvollen Bären abstoßen, denn viele wollen nicht einfach gleich sein, und manche sind eigentlich gleicher, ohne etwas dagegen tun zu können. Dann müsste es so viele Klassen wie Charaktere geben, und das wären dann so viele, wie es Bären auf der Welt gibt."

„Da magst du vielleicht recht haben, verehrter Bärengenosse", wandte Ivan wortgewandt ein, „doch geht es für das Glück oder Unglück eines Bären eher um die Aufteilung, ob er sich für Größeres bestimmt sieht. Oder sich eben mit Beeren und Wurzelwerk begnügt. Wichtig ist, dass er keinen Neid empfindet beim Wissen, dass es auch Lachs gibt, sondern froh ist, nicht um den Lachs kämpfen zu müssen. Und die Machtgelüste der Bären mit Lachs wären auch dahin, denn sie wären mit den anderen Bären, die ebenfalls Lachs schmausten, auf einer Stufe und hätten nicht die Notwendigkeit, sich arrogant aufzuspielen, da sie niemand beneiden oder ernst nehmen würde.“

„Aber selbst unter den Lachsfängern würde es diejenigen geben, die viel erfolgreicher wären bei der Lachsjagd als andere“, warf Coco ein.

„Stimmt, aber was macht man mit dem Lachs, den man nicht mehr essen kann, weil der Fettleib für die Winterruhe schon ausreichend ist? Was nutzt es einem Lachsfänger, mehr zu haben, als er essen kann? Die anderen werden es ihm nicht neiden, sie haben ja selbst genug Lachs!“

Coco: „Und wenn nicht? Wenn sie eben nicht genug Lachs fangen und sich nicht damit abfinden können?“

„Nun, auch für die wird es eine Lösung geben. Doch nun raucht mir schon das Haupt ob der Gedankenspielereien und unmöglichen Fragen. Lass uns diese Diskussion später fortsetzen und ich werde auch für jede Minderheit, die in so einem System auftreten kann, eine adäquate Lösung finden, um endlich eure Neugier zu befriedigen.“

Die Bäroness Anastasia erhob sich plötzlich auf ihre Hinterbeine und stieg zu dem Lager Baptistes empor, das für seine Hinrichtung gedacht war, um ihm mitzuteilen, dass sie die Menschlein Baptiste und Nono, nach langwieriger und reiflicher

Überlegung, beim ersten Hahnenschrei eigenhändig totzumachen gedachte.
Immanuel und Coco protestierten vehement, Wojtek und Bukowski zogen sich demoralisiert zurück. Man war sich uneins: Trotz der Geschichten um Baptiste, seiner sich bietenden Vorteile und seiner Vertrauenswürdigkeit, war man sich nicht sicher, ob sie es mit seiner Exekution ernst meinte oder ob sie das Urteil nur zu seinem Schutz vor ihren Bären, die vor Hunger immer schwerer zu bändigen waren, aussprach.

Baptiste kniete am kerzenbeleuchteten Totenbett seiner geliebten Schwester: Sie lächelte ihr allerletztes Lächeln und presste ihm schwach die zitternde Hand. Wie alt er gerade war, wusste er nicht, doch es kam ihm vor, als läge ein ganzes Leben zwischen diesem Moment und jetzt. Und sie schloss, fürsorglich lächelnd, ihre Augen zum allerletzten Mal.
Dieser Traum, der in Wahrheit eine schmerzliche Erinnerung war, wiederholte sich in regelmäßigen Abständen. Er fragte sich: *Ist diese unerträgliche Erinnerung an das Ableben meiner Schwester die sich nun erfüllende Prophezeiung meines eigenen Todes?*
Baptistes und Nonos letzte Stunde rückte schnellen Schrittes näher. Sie wälzten sich unruhig im Gras, von der aufgeregten Bärengefolgschaft bewacht.
Immanuel betrachtete die Sterne und konnte es nicht fassen, dass sein Freund bald nicht mehr sein würde. Bukowski versuchte, mit seiner theatralischen Rhetorik Anastasia von

ihrem Irrtum zu überzeugen, doch sie schickte ihn mit donnerndem Gebrüll davon. Coco und Wojtek schliefen tief und fest, denn die letzten Wochen hatten sich von ihrer beschwerlichsten Seite gezeigt.
Dunkelgrauer Nebel kroch durch den Wald und hinterließ kleine kalte Tautröpfchen auf den grünen Oberflächen. Es roch schon seit Längerem nach Herbst und die Frage, woher man sich den Speck für den Winter holte, war noch unbeantwortet. Ein Sonnenstrahl eröffnete den Morgen, der von den einen sehnsüchtig, von den anderen ängstlich erwartet wurde.
Ein schwerer Schritt war im Unterholz zu vernehmen und die Bärengefolgschaft wurde immer ruheloser und weckte so alle Schlafenden. Die Nebelwand öffnete sich und Anastasia trat auf die liegenden Menschen zu. Nono machte keine Anstalten, sich zu bewegen, doch Baptiste erhob sich und senkte sein Haupt, um den fatalen Hieb der immensen Pratzen hinzunehmen.

Dabei hatte alles so vielversprechend angefangen: Mit seiner kleinen Truppe hatte er sich einen außergewöhnlichen Ruf erworben, der die Menschen im Tal schon bei dem Gedanken, alleine durch die Wälder zu streifen, erzittern ließ. Wieso hatten sein treuer Immanuel und der aufbrausende Bukowski bei der Bäroness keinen Erfolg erzielen können? Hatten sie etwa die wesentlichen Erfolge nicht erwähnt? Hatten sie sich selbst zu sehr als Helden hervorgehoben? Nun, bei Bukowski war dies denkbar, doch Immanuel war wie ein Blutsbruder – Immanuel hätte alles getan, um ihn zu retten.

Anastasia richtete sich auf: Ihr gewaltiger Anblick war beängstigend. Baptiste fiel auf die Knie und die Bärenanführerin brüllte los, sodass Vögel aufgeschreckt aus der Baumkronendecke brachen.

Dann sprach sie: „Sie fragen sich wohl, warum ich – obwohl Sie den Bären anscheinend sehr zu Diensten waren – trotzdem keine Gnade walten lasse. Nun, ich muss mich kurz erklären: Mit meinem Ruf als Schlächterin – als Menschenschlächterin! – tut man mir gewiss unrecht. Das einzige Mal, bei dem ich aus reiner Rachsucht meuchelte, war, als sie sich an meinen Kleinen vergriffen hatten. Und ich gebe zu, ich habe grausam gewütet. Aber diese Menschen hatten es verdient und ich bereue diesbezüglich nichts. Doch seither habe ich ausschließlich in Notwehr gehandelt, niemals aus Blutdurst oder Gemeinheit. Wir Bären sind zwar mächtige, aber doch von Grund auf friedliche Geschöpfe, die nur in Ruhe leben wollen und die drohende Unbill ihrer Umwelt nicht verdient haben. Aber so ist es manchmal: Das Leben ist ein langer, beschwerlicher Kampf!"

Sie machte eine kurze Pause, betrachtete ihn und Nono eindringlich. Dann sprach sie weiter: „Man sagt von Ihnen, Sie seien der Retter des Bärengeschlechtes! Man spricht in so hohen Tönen von Ihnen, dass es einem eine bodenlose Ungerechtigkeit dünkt, Sie ins Gewürm darniederfahren zu lassen. Ich bin jedoch überzeugt davon, dass Sie, werter

Baptiste, eine Gefahr für uns Bären darstellen! Sie benutzen uns und gehen aus Rachsucht gegen die Menschen vor! Diese sogenannten Erfolge, von denen mir Ihre Kameraden erzählt haben, sind nichts weiter als der Beweis, dass Sie, ein Mensch durch und durch, trotz allem nichts anderes als ein brutales wildes Tier sind. Nun, wir Bären sind wohl ebenfalls wilde Tiere – DOCH WIR SIND KEINE BLUTDÜRSTIGEN BESTIEN! Die Menschen werden sich diese Brutalität nicht gefallen lassen und uns jagen, bis kein Einziger mehr von uns übrig ist. Wenn das jetzt aufhört und wir uns rechtzeitig zurückziehen, haben wir vielleicht noch eine Chance. Deshalb müssen Sie, mein werter Baptiste, der vielleicht nur Gutes will, doch furchtbar Böses schafft, wie angedroht hingerichtet werden, nicht aus Hass oder Mordgier, sondern aus Notwehr. Denn sonst kann unsere Bärenrasse nicht weiter überleben."

Baptiste blickte hoch zu Anastasia und verstand nun, wie es um ihn stand: Man glaubte nicht daran, dass er Erfolg haben konnte. Man glaubte nicht, dass er in der Lage war, die Bären zu retten und ihnen ein besseres Leben zu bereiten.

Die Bärenobrigkeit hatte kein Vertrauen zu ihm und musste ihn dahinraffen. Dieser Fehler würde sie jedoch teuer zu stehen kommen, davon war er überzeugt.

„Lasst zumindest meinen treuen Diener laufen, er kann weder sprechen noch schreiben und hat keinen eigenen Antrieb. Er ist ein Gejagter wie ihr, deshalb wäre sein Tod höchst ungerecht. Wie Sie von mir denken, verstehe ich nur zu gut, doch teile ich

Ihre werte Meinung nicht – auch wenn ich offenkundig nichts dagegen tun kann, Sie umzustimmen, bitte ich zumindest um einen schnellen Tod."

„Wenn es so ist, wie Sie sagen, darf Ihr Lakai leben, so lange er will. Sobald er uns jedoch Unbill einbringt, wird es ihm an den Kragen gehen. Somit ist alles besprochen!"

Anastasia holte mit ihrer Pranke aus und wollte sie auf Baptiste herabschnellen lassen – ein Schuss aus dem Hinterhalt hielt sie davon ab und sie schrie auf und stürzte auf Baptiste hernieder. Ein weiterer Schuss zerriss den Morgen. Baptiste lag nun unter der schweren Bäroness vergraben und steckte fest. Der erste Wilderer kam herangelaufen und hielt ihm das Rohr der Flinte ins Gesicht, um ihm den Garaus zu machen.

Doch die Bäroness war noch nicht ganz hinüber und schlug unerwartet und mit tödlicher Kraft dem Wilderer die Pratze in den Hals, sodass sogleich mit vollem Druck das Blut herausspritzte. Halb von Baptiste weggedreht, röchelte sie noch: „Verlass die Bären, du bist ihr Unheil!"

Baptiste kroch blutverschmiert unter der nun leblosen Bäroness hervor, rief nach Nono, der im Gebüsch versteckt lag. Er gab ihm rasche Anweisungen, woraufhin Nono mit den aufgeschreckten Bären in den dunklen Wald hineinlief. Nahe Anastasia lag auch Wojtek, stark blutend und brummend an einem Baum.

Baptiste wusste, er hatte nicht viel Zeit, und er machte sich sogleich an die Arbeit, denn er wollte den vermaledeiten

Wilderern nicht zurücklassen, wofür sie gekommen waren: Er riss die Flinte des Wilderers an sich und zerschoss der Bäroness das Fell, dann lud er nach und erlöste Wojtek von seinem Leid. Er lud nochmals nach, lauerte weiteren Wilderern auf und schoss sie tot, denn sie rechneten gar nicht mit einer Gegenwehr dieser Art Er fledderte, was nützlich war und er tragen konnte und verabschiedete sich von seinem toten Kameraden.
Dann verließ er so schnell er konnte diesen Ort, um sich mit der Bärengruppe tief in den Wäldern zu vereinigen und diese verdorbene Gegend endgültig zu verlassen.

Die Bären waren bestürzt ob des plötzlichen Todes ihrer Anführerin. Man verlangte nach dem Blut der Menschen, nach eiskalter Rache. Immanuel versuchte, die aufgebrachte Meute zu beruhigen, doch musste zuweilen der mächtige Coco einschreiten, um Handgreiflichkeiten abzuwenden.
Baptiste ahnte, wie es den Bären ergehen müsse, und sprach mit lauter Stimme zu ihnen, so wie früher sein Anführer, der Rote Pierre, zu ihnen gesprochen hatte: „Meine ehrenwerten Bärengenossen! Verzweifelt nicht! Eine große Anführerin hat sich um euch gekümmert und der gemeingefährliche Mensch entsandte sie auf die Bärenbarke, nebst meinem Freund Wojtek, der furchtbar leiden musste, ehe er starb. Wir werden uns das nicht gefallen lassen! Diese gemeinen Verbrechen dürfen nicht ungesühnt bleiben! Doch man muss bedacht die nächsten

Schritte vorbereiten, denn die Menschen sind zwar grausam und gierig, aber nicht dumm. Die Zeiten werden hart sein! Man wird uns jagen! Aber die Vergangenheit hat gezeigt, dass die Menschen auch Feiglinge sind und man gegen sie erfolgreich sein kann, wenn man Angst sät. Deshalb müssen wir umsichtig handeln, nicht im Rausch der Rachegelüste oder aus falschem Stolz. Wir sind nun eine ansehnliche Gruppe an Bären, erfahren im Wald, aber sehr leicht angreifbar. Deshalb müssen wir uns in mehrere kleine Parteien aufteilen, die jeweils ein Bär eures Vertrauens befehligt. Wir werden uns in ein menschenleeres Gebiet zurückziehen, um die Winterruhe gefahrlos zu überstehen."

„Doch dafür müsste man zuerst Speck ansetzen!"

Zustimmendes Gebrumme.

„Hier, seht uns an, wir sind nur mehr Haut und Knochen! Wir fressen uns beinahe gegenseitig auf! Bekommen wir nicht bald etwas Ausgiebiges in den Schlund, sterben wir einen furchtbaren Hungertod!"

Baptiste erinnerte sich an eine kleine Gemeinde, an der sie vor wenigen Tagen vorbeigekommen waren: weidende Kühe, Ziegen, Schafe, an die fünf Bauernhöfe, zu denen keine Hauptstraße gelangte. Er befahl Immanuel, dass die vielen kleinen Bärengruppen sich um diese kleine Siedlung begeben sollten.

Und wenn sie das Zeichen vernahmen, dann könnten sie näher kommen und in Ruhe alles morden und fressen, wie es ihnen beliebte.
„Und um welches Zeichen werde es sich handeln, meine werte Durchlaucht?“, fragte Immanuel, noch sehr bestürzt von den vergangenen Vorkommnissen.
„Man wird es verstehen, wenn es so weit ist!“

Baptiste und Nono zogen des Nachts mit letzter Kraft zu der besagten Niederlassung und warteten, bis alles still war und die Menschen selig ruhten. Dann schlichen sie sich ins Haus des Hufschmiedes und kehlten ihn und seine Frau im Schlafe ab, ohne Aufsehen zu erregen. Von der lodernden Glut an der Feuerstelle bis zum trockenen Stroh auf den Dächern der Häuser war es nicht weit. Es dauerte nicht lange, bis die ersten schreienden Menschen in Panik aus den Häusern liefen und am Brunnen um Wasser hebelten. Meterhohe Flammen schossen in den Nachthimmel und tauchten die Siedlung in düsteren Schein. Aus der Ferne vernahm man Bärengebrüll, bald darauf den ersten Schrei eines Menschen, der beim Löschen unerwartet aus seinem Leben herausgerissen wurde. Aus einem vereinzelten Klagelaut wurde ein grausamer Tumult, der keine Männer, Frauen oder Kinder verschonte. Die Bären labten sich auch an dem Vieh, das sie mit ihren Pranken in blutige Stücke rissen. Schließlich war alles voller Leichen, Eingeweide, Blut. Das frohe Grunzen der Bären übertönte das Knistern des

Feuers. Sie alle fraßen gierig in sich hinein, was sie ergattern konnten, denn sie hatten schon eine geraume Zeit ohne Nahrung gelebt. Nur wenn einer der Bären an Hunger krepiert war, war es für die anderen gerade genug gewesen, um zu leben, aber zu viel, um zu sterben.

Nono saß zufrieden auf einem Baumstumpf und biss aus einem abgerissenen Kopf gierig das weiche Fleisch: Man hatte ihn sein Leben lang missbraucht – nun war auch er einmal auf der Seite der Gerechten!

„So ergeht es allen dummen Menschen, über die von der Obrigkeit gerichtet wird – sie werden abgeschlachtet wie Lämmer, im Krieg oder im Frieden, nur zum Erhalt der Macht, des Reichtums und der Moral der Soldaten."

Seit Baptiste aus der Jauchegrube entstiegen war, fiel es ihm schwer, Mitleid für den Pöbel zu empfinden. All die anderen Menschen, die Unterdrückten, Armen, Gejagten, Verfolgten, Bettler, sie alle mussten Baptiste erst beweisen, aus welchem Holz sie geschnitzt waren, bevor er sich für sie einsetzte und es gegen die Ungerechtigkeit, den Imperialismus und den Kapitalismus aufnehmen würde – da musste man elitär sein! Hier hatten gewiss brave Leute gelebt, aber sie dünkten ihm keine revolutionären Menschen, da sie im Mittelmaß lebten, ausgebeutet wurden und sich damit abgefunden hatten.

Auf diese Art sinnierend, dachte er bei sich: *So muss man ein Land regieren! In vielen kleinen Gruppen, denen der Boden selbst gehört, den sie bebauen, den sie durchpflügen – eine autonome Bande, die von der*

Obrigkeit maximal verwaltet, aber sonst in Ruhe gelassen wird. So und nicht anders wollte er es vollbringen, dem Menschen ein gerechtes Leben zu bieten, gäbe man ihm die Chance, sich eines Regenten würdig zu erweisen.
Er wärmte sich am lodernden Feuer, bis der graue Morgen anbrach. Dann verteilten sich die Bären in kleinen Gruppen in alle Windrichtungen, gemeinsam mit dem Ziel, eine ruhige Stätte für den Winterschlaf zu finden. Bald fielen die ersten Schneeflocken, dann würden sie sich zur Ruhe legen, weit weg von der bedrohlichen Zivilisation.
Nur Immanuel war besorgt ob der möglichen Konsequenzen, die diese Episode bringen könnte. War es denkbar, dass die Bäroness mit ihren Worten an Baptiste recht gehabt hatte? War dieser gnadenlose und menschenverachtende Weg eine Sackgasse? Kämpfte der Mensch grundsätzlich gegen alles Gefährliche, instinktiv, um irgendwann gefahrlos durch die Wälder ziehen zu können – so wie die Natur die Schwachen opfert und die Starken auf diese Weise überleben, um sich fortzupflanzen und die Welt zu besiedeln?
Baptiste sorgte sich um seinen bemitleidenswerten Kameraden Immanuel, der ob seines verstorbenen Freundes Wojtek furchtbar trauerte und derart zu ihm sprach: „Sie werden nun kommen – nicht wahr? – und einen nach dem anderen von uns grausam meucheln. Was können wir nur tun? Unser Leben, unsere Gedanken, unsere Freundschaft – alles wird umsonst

gewesen sein! Alles fällt der Brutalität und der Ungerechtigkeit zum Opfer!“

Da antwortete ihm sein treuer Freund Baptiste: „Es mag sein, dass wir eines Tages alle aussterben, aber das wird uns nicht daran hindern, von nun an – als Denkmal für die Ungerechtigkeit! – in ihren Köpfen herumzugeistern. Niemals darf man diesen Gedanken aufgeben, und niemals wird mein geliebter Freund Immanuel alleine sein. In Gedanken und in den Träumen werde ich bei Ihnen sein, so wie der Rote Pierre immer bei mir sein wird. Wir werden der Obrigkeit einen Kampf bieten, den sie niemals vergessen werden, selbst wenn sie uns aus den Geschichtsbüchern streichen. Denn die Narben werden tief wie Krater sein und die vergossenen Tränen werden die Erde versalzen!“

Diese brüderlichen Worte mochten nicht unmittelbar getröstet haben, doch inzwischen war auch seinem Kameraden klar geworden, dass nur in Blut getränkte Taten die Geschichte mit sichtbarer Tinte schreiben. Und solange jemand da war, der sich an dieses Unrecht zu erinnern vermochte, wird diese Geschichte ein Teil der Welt sein – ein Teil, der schlussendlich der Gerechtigkeit zugeführt werden muss, weil das Universum ja das Gleichgewicht sucht. Hier ging es nicht um das bloße Verteidigen einer Heimat oder des Nachwuchses – nein!

HIER GING ES UM NICHTS WENIGER ALS DAS ÜBERLEBEN ALLER SEINER ARTGENOSSEN!

Einer der Bären trat an Baptiste heran und sprach ihm Worte des Danks für dieses formidable Mahl aus. Dann stieg man gemeinsam hinauf in die bewaldeten, menschenleeren Berge und nutzte die dunkle Nacht, um unentdeckt aus dieser verwunschenen Gegend zu verschwinden.

WINTER

Die ersten Schneeflocken tanzten sachte im sanften Wind.
Da peitschte eine Kutsche durch den dunklen Wald.
In einem weiten Tal an einer Lichtung ließ man beim ersten Haus eines kleinen Dorfes halten. Ein vornehmer Herr stieg aus und fragte den Nächstbesten nach einer angemessenen Unterkunft – man wunderte sich, dass der galante Herr sich selbst bemühte, wo er doch einen eleganten Kutscher kommandierte. Vielleicht traute er dem schwarzen Mann nicht? Man gab sich mit dieser einleuchtenden Erklärung schnell zufrieden und deutete ihm den Weg zu einer Schenke. Schon hetzte die Kutsche wieder davon, als verfolgten sie blutrünstige Dämonen.
Erst vor zwei Tagen war man in den Besitz dieser Kutsche gelangt: Auf einem Weg auflauernd hatte man alle sich darin befindlichen Menschen ausgeraubt und sie nackt in den Wald gejagt, wo andere schon hungrig warteten. Feine Leute waren es gewesen, denn die Kleidung dünkte dem hoffähigen Herrn das prachtvollste Kleid zu sein, das er jemals an Adeligen erblickt hatte.
In der besagten Schenke brannte noch Licht und aus dem Rauchfang qualmte es reichlich, sodass der selbsternannte Kommissar zuversichtlich war, hier zu später Stunde eine warme Stube vorzufinden. Sein Kutscher versorgte die ausgelaugten Pferde, während der Herr sich vom Wirt die

Wohnräume zeigen ließ. Eine enge, kaum möblierte Zelle, in der er sich sofort unwohl fühlte, sollte sein Schlafgemach werden.

„Gibt es noch Nachtmahl? Ja? Sehr gut, ich bitte sehr um eine warme Mahlzeit und reichlich Wein, damit ich mich von den Strapazen der Reise gebührend erholen kann. Woher ich komme? Das tut nichts zur Sache! Schicken Sie meinem Kutscher eine Suppe und Wein in den Stall, damit auch er etwas hat, um sich zu wärmen. Ist der Samowar noch heiß? Dann bitte ich auch um einen kräftigen Tee – es wird Ihnen von Herzen und mit Talern gedankt werden."

Kurz legte er sich auf sein Bett und fiel in ein dämmriges Dösen, das Albträume hervorbrachte: An Armen und Beinen gefesselt befand er sich in einem weißen Raum und man stellte ihm Fragen, die er nicht verstand. Man stieß ihn durch einen kaum beleuchteten Gang, an dessen Ende sich ein Raum mit einem Tisch befand, wo ein älterer, gut gekleideter Herr saß und mit schwarzer Tinte etwas in einem kleinen Buch notierte. Dann sah jener zu ihm hoch und fragte: „Wissen Sie, warum Sie hier sind?"

Ein Klopfen riss ihn aus diesem Albtraum und man tat ihm kund, dass das Abendmahl serviert war. Er brauchte einige Zeit, um sich zu vergewissern, was Wirklichkeit und was Traum war, da ja seine Kemenate sehr einer Zelle ähnelte. Das Abscheuliche war nicht der Inhalt des Traumes gewesen, sondern die Tatsache, dass alles sich so real angefühlt hatte.

Der Kommissar, ganz durchgebeutelt von dem kurzen Schläfchen, stolperte die Stiegen hinunter zur warmen Stube und verzehrte gierig sein dampfendes Gericht. Seit vielen Wochen und Monaten war dies die erste Mahlzeit, die er nicht gestohlen, gefangen und selbst zubereitet hatte. Natürlich erwähnte er dies nicht, um nicht ungebührliche Aufmerksamkeit auf sich zu lenken. Dafür war morgen Zeit genug.

Unweit von ihm lümmelte ein recht ungepflegter Bursche, der ebenso wie er seine Mahlzeit mit sichtlichem Appetit verschlang. Er soff gierig seinen Wein, rülpste lauthals und lachte herzhaft über den soeben erlebten Wohlgenuss. Dann blickte er neugierig zu dem noblen Herrn in seiner barocken Kutte, sagte aber nichts, da er es nicht wagte, einen scheinbar so ehrenwerten Herrn von sich aus zu adressieren.

Ein reizendes Mädchen kam aus der Küche, wohl die Tochter des Wirtes, und servierte das Geschirr ab. Dabei beobachtete sie der Unfeine auf recht aufdringliche Weise und hätte ihn der Kommissar nicht im letzten Moment angesprochen, sie wäre wohl um einen kecken, anzüglichen Spruch nicht herumgekommen.

„Leben Sie hier in diesem kleinen Dorf, werter Herr?“

Das Mädchen handhabte das Geschirr recht tollpatschig und verschwand aus dem Blickfeld der Gäste.

Schließlich wandte sich der Lüstling zum Kommissar: „Wie bitte? Ich bitte vielmals um Verzeihung, ehrenwerter Junker!

Ich bin so leicht von prächtigen Schönheiten abgelenkt – könnten Sie, wohlerzogener Nobelmann, noch einmal Ihre Worte wiederholen?“

„Ob Sie in diesem Dorfe leben, begehrte ich zu erfahren. Bitte entschuldigen Sie meine Unhöflichkeit, Sie so ohne Weiteres anzusprechen, ohne mich gebührend vorzustellen: Mein Name ist Ferdinand Nepomuk Hofbauer, angereist aus unserer erquicklichen Kaiserstadt. Ihr lasst es euch ja sehr schmecken, aber ich muss zugeben, dass der Wirt ein wahrer Meisterkoch ist, kaum geringer als jener in der ‚Schwarzen Katze‘, eine formidable Gastwirtschaft nahe dem Haus, in dem ich lebe.“

„Nein, nein, in so einem Dorfe fernab jeglicher Zivilisation lebe ich nicht“, meinte der schmierige Lüstling. „Ich arbeite als kaiserlicher Kurier, der hier nur kurz anhält, um sich und seine Pferde zu versorgen. Aus der bedrohten Kaiserstadt kommend, muss ich möglichst bald weiter, bevor mich das unersprießliche Wetter dazu zwingt, im tiefen Schnee gefangen auf einem Pass zu überwintern. Wärmender Wein und vielleicht noch ein Blick auf dieses liebreizende Fräulein – das wird mir die lange, beschwerliche Reise etwas versüßen.“ Nach diesen Worten orderte er lauthals Wein, der ihm sogleich gewärmt wurde.

„Und woher denn der geschätzte Herr seinen Diener hat, wäre natürlich auch eine ergötzliche Geschichte“, meinte er gleich darauf, „denn erstens habe ich seit dem Angelo Soliman von keinem Mohren in diesem Reiche mehr gehört, und zweitens sind aus dem Zirkus, der vor ein paar Wochen diese fantastische Pantomime über Hannibal aus Karthago präsentierte, mehrere Negersklaven, die zur Völkerschau dienten, nebst anderen Tieren entkommen und bis heute nicht aufzufinden gewesen. Vielleicht mag ja Ihr Mohr einer dieser Flüchtigen sein?“

Kommissar Ferdinand Nepomuk Hofbauer musste sich sehr zusammenreißen, um den Kurier nicht unwirsch in seine Schranken zu verweisen.

„Ich kann Ihnen versichern, dass ich meinen Lakaien auf rechtmäßigem Weg zu meiner Dienerschaft berufen habe und ihn nicht, im Wald aufgegabelt, erst domestizieren musste. Falls Sie meinem Diener schon begegnet sind, haben Sie seine Wohlerzogenheit wohl bemerkt und können ihn nicht mit einem derartigen Ureinwohner vergleichen, so wie Sie es eben beschrieben haben. Aber dem wollen wir nichts mehr hinzufügen und werden meinem treuen Diener keinen lästigen Schluckauf bescheren! Mich interessiert viel mehr, was denn mit dem soeben erwähnten Zirkus geschehen ist, sodass Völkerschau und Tiere daraus entschwinden konnten?“

„Wie, das wissen Sie nicht? Man redet doch seit dem Vorfall von nichts anderem!“, wunderte sich der imperiale Kurier.

„Sie müssen wissen, ich übe mich, nebst meiner Tätigkeit als Kommissar, auch als kaiserlicher Dichter und sperre mich oft tagelang in einer Zelle ein, um nicht gestört zu werden. Ich habe von den wundersamen Pantomimen des Hannibals gehört, jedoch habe ich sie niemals selbst gesehen“, log der Kommissar und brannte vor Neugier.

„Nun, ich habe so einiges vernommen und so manches auch mit eigenen Augen gesehen, das mich sehr überrascht hat.“ Ein lautes Räuspern des Kuriers ließ den Wirten auftauchen und gleich wieder verschwinden. „Der ‚Circus Hannibal‘ ist nach seiner letzten Aufführung bis auf seine Grundmauern abgebrannt. Man vermutet, dass das Zirkusgesinde doch zu ausgelassen beim Alkohol zugelangt und das Feuer im Dunste der Unzurechnungsfähigkeit wohl selbst verursacht hat. Jedoch trug es sich auch so zu, dass der gesamte Bestand der wilden Tiere freikam, nebst Fanten, Löwen, Bären, Pferden eben auch die zuvor erwähnten Mohren. Es kann natürlich ebenfalls sein, dass die gefangenen Negersklaven von den wilden Tieren zerfleischt wurden – solche Negerlein fielen ja auf, würden sie frei herumlaufen, genauso wie mir zuvor das Ihrige ins Auge gestochen ist. Und die blutrünstigen Tiere genossen ihre Freiheit, indem sie sich am Zirkusgesinde und den Dompteuren verlustigten. Die kaiserliche Armee musste anrücken, um sie wieder einzufangen oder abzuschießen! Doch bis zu jenem Zeitpunkt hatten sie ein ansehnliches Missgeschick angerichtet, denn so manches Hausvieh sowie auch der eine oder andere Mensch, der mit dem Zirkus rein gar nichts zu schaffen gehabt hatte, war ihnen zum Opfer gefallen. Nur die Fanten verhielten sich ruhig und fraßen gemächlich die Blätter von den Bäumen. Doch einfangen wollten auch sie sich nicht lassen und zertrampelten Zäune und Scheunen, bis man sie letztendlich doch erlegen musste. Was mit den Fantenkadavern passieren sollte, das war davor nicht reiflich überlegt worden, denn man ließ sie einfach auf den saftigen Feldern verrotten und pflückte ihnen das Elfenbein. Auf dem Weg hierher erblickte ich die schon recht sauber abgenagten Skelette, die ausgebreitet dalagen. Es deuchte einem, gigantische Walfische aus den sieben Weltmeeren wären hier auf den Wiesen gestrandet – nicht weniger bizarr mutete dieser Anblick an! Ich versichere Ihnen, meine ehrenwerte Durchlaucht, hätte ich diese utopischen Skelette nicht mit eigenen Augen gesehen, ich hätte diese ganze Geschichte als Unsinn abgetan."

Er machte einen ordentlichen Schluck vom frisch gewärmten Wein.

„Die Löwen hat man alle erlegt, wie man erzählt, und deren Kadaver wurden auf recht unsanfte Weise entkleidet, nur zu dem alleinigen Zwecke, sich die Häuser reichlich zu schmücken. Über die Zirkusbären weiß man übrigens nichts, die blieben verschollen – man vermutet, sie sind verhungert. Ein kaiserlicher Zoologe versicherte mir, dass Bären, die an den Menschen gewöhnt und auf deren Fütterung angewiesen sind, in freier Wildbahn langsam verenden. Man kann getrost sagen, dass der ‚Circus Hannibal' quasi über Nacht ausgelöscht wurde, und mit ihm auch viele Menschen aus der Umgebung, die sich zuerst auf das großartige Geschäft mit den Zirkusbesuchern gefreut hatten, was diese Meuten, die von der Hannibal'schen

Pantomime angezogen wurden, wohl auch gewesen sein mussten. Doch der verheerende Schaden, den diese erbarmungslosen Tiere angerichtet haben! Den einen oder anderen hat das in den persönlichen Ruin getrieben oder gar sein rasches Ableben gefördert. All das von den Löwen abgeschlachtete Vieh! Die gemetzelten Männer, Frauen und Kinder! Und zur Verantwortung kann man keinen mehr ziehen, denn selbst der Zirkusdirektor wurde gefressen! Ich habe die Pantomime niemals gesehen, aber wenn ich mir ausmale, was für Tiere und wie viele davon aufgetreten waren – es musste schier unfassbar ergötzlich gewesen sein!"

Ferdinand Nepomuk Hofbauer war ob dieser Geschichte sehr erquickt, obschon die armen verendeten Tiere sein vollstes Mitleid genossen. Doch war es absehbar gewesen, dass man sie wohl fangen oder schießen musste. Aber vielleicht trieb sich noch irgendwo auf den Weiden oder gar in den Wäldern ein abscheulicher Löwe herum. Oder ein der Flinte entkommener ‚Fant' lustwandelte in den benachbarten Tälern umher.

Und während der Kurier so von den Tieren erzählte, war dem Kommissar die Pantomime vor dem geistigen Auge wieder erblüht: ein sonderbarer Traum, diese abscheuliche Ankunft Hannibals des Großen aus Karthago, hier bei ihnen, inmitten der heimischen Hügel und grünen Wälder. Er versuchte nun, sich die Skelette der toten Elefanten vorzustellen, bleiche, gigantische Gerippe wie fahles Holz.

Er nahm noch einen Schluck vom Wein und wünschte dem Kurier, der gerade aufbrach, eine gute Reise. Dieser verbeugte sich so tief, dass man es schon wieder für Schabernack halten konnte.
In seinem Bett dachte der Kommissar wieder an die vermeintlich verschollenen Zirkusbären, die sich mittlerweile in den weißen Wäldern zur Ruhe gelegt haben mussten. Und verzögerte auf diese Art den Schlaf so lange er konnte, da er sich vor den so real anmutenden und beklemmenden Albträumen ängstigte.
Am nächsten Morgen rief der Kommissar den Wirt zu sich: „Ich wünsche, mit den Menschen aus dem Dorf zu sprechen. Gibt es denn eine Möglichkeit, den Gemeindevorsteher zu treffen oder die Menschen direkt zu adressieren?"
Der Wirt versprach, sich um diese Angelegenheit zu kümmern.
Nachmittags hatte man die Einwohner des Dorfes im Hause des Gemeindevorstehers zusammengerufen und der Kommissar trat vor und sprach folgendermaßen: „Werte Bürger, erlaubt mir, mich vorzustellen: Mein Name ist Ferdinand Nepomuk Hofbauer und ich bin Kommissar aus unserer kaiserlichen Hauptstadt. Ich habe erst kürzlich eine nicht zu verachtende Menge an Vieh erworben und kam auf die Idee, hier, in diesem Raum, wo noch genügend Platz für alle zu sein scheint, einen Hof zu errichten, um es dort nicht nur weiden und hausen zu lassen, sondern auch aus deren Haltung Nutzen zu ziehen und Produkte des täglichen Bedarfs für uns

Menschen, wie Milch, Eier, Fleisch, Wolle und Fell, anbieten zu können. Dazu wären auch Arbeits- und Hilfskräfte erforderlich, die natürlich angemessen entlohnt werden. Obwohl ich von unserem Kaiser das gottgegebene Anrecht besitze, hier Großgrundbesitzer zu werden, wollte ich mich dennoch nicht so erdreisten, ohne die Zustimmung und Hilfe der Hiesigen meine Absicht auszuführen, da mir die Rechte und Werte der ansässigen Menschen lieb und teuer sind. Doch ich bitte Sie höflichst, meine Bitte zu gewähren, und kann Ihnen versichern, dass von dem, wo das hier herkommt", er griff in seine Tasche, holte einen Sack voller Goldtaler hervor und warf ihn auf den Tisch, wo sogleich ein paar einzelne Münzen herauskullerten, „wartet noch viel mehr! Hinzu kommt noch der Verdienst, den wir gemeinsam mit dem Vieh erwirtschaften – Sie können darauf zählen, dass ich großzügig walten werde."

Den Menschen aus dem Dorf war die Verwunderung ins Gesicht geschrieben.

„Ich verweile den Winter über in der Schenke, und sobald das erste Tauwetter den Schnee schmelzen lässt, werden meine Mannen aus der Stadt kommen, um mit euch gemeinsam einen Hof mitsamt den Stallungen aufzubauen. Ich hoffe sehr, dass meine Absicht Ihre Zustimmung findet, und warte auf das Ergebnis Ihrer Beratung in der Schenke."

Daraufhin verabschiedete er sich, verließ das Haus des Gemeindevorstehers und hinterließ fassungslose und wild darauf losschnatternde Leute. Die Diskussion musste langwierig gewesen sein, denn er erhielt erst am nächsten Morgen vom Gemeindevorsteher persönlich die Nachricht, dass man ihn mit Freude im Dorf willkommen hieß und er es sich den ganzen Winter lang in ihrer bescheidenen Gemeinde gemütlich machen könne, um für den schwierigen Aufbau der Höfe und Stallungen vorbereitet und ausgeruht zu sein. Der Kommissar bedankte sich ausführlich und tat, wie ihm geheißen: Er ließ es sich gut gehen, ohne großes Aufsehen zu erregen.

In einer der folgenden Nächte schlich sein Diener aus dem Stall, um ein paar Schafe aus einem benachbarten Hof zu befreien. Doch dünkte es ihm unmöglich, dies durchzuführen, ohne dabei erwischt zu werden, da es schneite und er tiefe Spuren im Schnee hinterließ. Sein Herr war darüber wenig begeistert und fuhr ihn an, dass er einen Weg finden müsse, da sie sonst ihren Plan nicht ausführen konnten. Ein schlechter Plan, dachte der Lakai, doch sagen hätte er es weder gekonnt noch sich getraut.

Es dauerte nicht lange und das Problem hatte sich von selbst gelöst: Ein wildes Tier aus dem Wald – den Spuren nach zu urteilen ein Bär! – war zur Siedlung herabgestiegen und hatte sich an einem Schaf vergriffen, dessen blutige Reste im Schnee ausgebreitet dalagen. Daraufhin zogen zwei Jäger los und wollten den gemeinen Dieb stellen. Doch sie kehrten nicht zurück und blieben für immer verschwunden. Nicht einmal ein Schuss war zu hören gewesen. Zwei Nächte später wurde auf einem anderen Hof der Hühnerstall geplündert.

Auf einem seiner ausgedehnten Spaziergänge über die weite Fläche, die er angeblich im Frühling bebauen wollte, erblickte der Kommissar zwei weitere Jäger aus dem Haus des Apothekers kommen, mit Flinten bewaffnet und einer halben Ziege über die Schulter geworfen. Auch von diesen beiden hatte man niemals wieder etwas gehört oder ihre Leichname gefunden. Niemand getraute sich mehr in den Wald – und die sich in den Bergen rund um das Tal befindlichen Bären sollten bis zum Tauwetter in Sicherheit ruhen.
Der Kommissar, sehr erquickt ob dieser Nachrichten, war nicht mehr böse auf seinen Diener. Wichtig für ihn war, dass er das Versprechen, das er selbst gegeben hatte, nun einhalten konnte.
Ringsherum in den Tälern gähnten die weißen Berghänge menschenleer und man nahm die winterliche Ruhe seiner müden Waldbewohner wahr.
Da er selbst nicht im Wald überwintern hätte können, ohne sich in der Kälte Frostbeulen zu holen, blieb dem vermeintlichen Kommissar nichts anderes übrig, als eine von der Zivilisation kaum angetastete Landschaft aufzusuchen, um in Ruhe zu leben, ohne Aufsehen zu erregen. Dafür bedurfte es natürlich reichlich Reisegeld und einer Kutsche samt Pferden. Nun verbarg man den Wagen hinter der Gastwirtschaft, die Pferde fraßen sich im Stall fett und auch der brave Lakai führte sicher kein unangenehmes Leben – zumindest dachte dies der feine Kommissar und ahnte nicht, wie unrecht er damit hatte.

Die ungewohnte Hautfarbe des Dieners war den Leuten des Dorfes ein Dorn im Auge. Da er obendrein stumm war, begegnete man dem Lakaien nicht sehr wohlwollend. Die Kinder überfielen ihn mit Schneebällen und verlachten ihn, manchmal warfen sie sogar Steine nach ihm; die Erwachsenen starrten ihn entweder an oder ignorierten ihn. Aus der Kirche warf man ihn hochkantig hinaus, ohne dass er auch nur ahnte, warum. Der Pfarrer stattete daraufhin dem Kommissar einen Besuch ab und schnauzte diesen an: „Kümmern Sie sich besser um Ihren Sklaven!“ Der feine Herr entgegnete ihm, dass er keinen Sklaven besitze, aber wenn er seinen treuen Diener meinte, entschuldige er sich tausendfach bei Hochwürden. „Wären Sie so freundlich, mir mitzuteilen, welcher Vergehen er sich denn schuldig gemacht hat?“

„Er ist unerlaubt in die Kirche eingedrungen! Das darf nicht wieder vorkommen!“

Der Kommissar war erstaunt: „Mehr nicht? Sein Delikt bestand darin, die Kirche betreten zu haben? Ist es denn für einen Mohren ein Verbrechen, in der Kirche für seine Sünden zu beten?“

„Um ein Gotteshaus zu betreten, muss man zumindest ein Mensch sein – alles andere wäre gemeine Gotteslästerung! Um diesen Affen zu taufen, müsste ich ihn zuerst missionieren, doch dafür habe ich weder die Ausbildung noch den Willen. Ich bin ja nur ein einfacher Gemeindepfarrer und habe schon mit meinen hiesigen Schäfchen alle Hände voll zu tun. Meine Verehrung!"

Mit diesen Worten drehte sich der Pfaffe um und verschwand aus der Zelle, in der es sich der freundliche Kommissar gemütlich gemacht hatte. Doch nun keimte in ihm die Wut und er hätte den Geistlichen am liebsten eigenhändig entgeistlicht.

„Sie müssen unseren Dorfpfarrer schon entschuldigen, er hat es nicht leicht", erklärte ihm der Wirt gutmütig. „Er wurde hierher strafversetzt, weil er angeblich mit einer Frau zusammengelebt hat und sogar ein Kind mit ihr zeugte. Doch darüber schweigen die Chroniken und unser Hochwürden erst recht. Manchmal ist er schon bei den kleinsten Nichtigkeiten aufgebracht – man kann sich durchaus vorstellen, dass ihm seine Frau und sein Kind sehr fehlen. Selbst als Pfaffe ist man ja ein Mensch!", meinte er abschließend und verschwand lachend aus der Zelle des Kommissars.

Beim Abendmahl vernahm der Kommissar unerquickliche Gerüchte über seinen Diener: Dieser soll die Schäden am Vieh der Bauern verursacht zu haben – egal, ob da nun Spuren von Bären waren oder nicht – und auch das Verschwinden der Männer im Wald wurde ihm angelastet, obwohl er die Gemeinde – für alle ersichtlich, da er sich täglich um Pferde und Kutsche kümmerte! – niemals verlassen hatte. Aber noch viel ernster – weil nicht mit logischen Argumenten anzweifelbar – war ein anderer Umstand, nämlich, dass seit der Ankunft des Kommissars ein kleines Mädchen schwer erkrankt mit Fieber daniederlag und man es vom schwarzen Hexenmeister verzaubert zu wissen glaubte.

Eines Tages, als der Kommissar nach einem der ausgedehnten Spaziergänge in seine kleine Zelle in der Schenke zurückkehrte, fand er dort seinen Lakaien verschreckt und weinend in einer Ecke vor. Als dieser seinen Herrn eintreten bemerkte, schrak er hoch, entspannte sich gleich wieder und ließ die Tränen umso mehr fließen. In seinem feuchten Antlitz konnte man Spuren von Misshandlung feststellen. „Was hat man dir denn angetan, mein Freund? Überrascht bin ich von diesem verdammten Bauerngesinde nicht – das muss ein Ende haben! Ich werde mich flugs darum kümmern, das verspreche ich dir. Nun musst du aber mein Zimmer verlassen – was sollen denn die anderen denken, wenn sie herausfinden, wo du dich versteckst? Geh zurück zu den Pferden, ich benötige deine Dienste momentan nicht. Wasch dein Gesicht und die Wunden kühle mit Schnee, dann wird es dir wieder wohlergehen. Und ich werde mich um deine Sicherheit kümmern. Gleich morgen in der Früh! Also los!“

Doch sein Diener machte keine Anstalten, die Zelle zu verlassen. Er versuchte seinem Herrn einzubläuen, dass es seiner Gesundheit nicht zum Vorteil gereichte, wenn er wieder in den Stall zurückkehrte. Dort wachte er des Nachts über die Pferde und war den gewalttätigen Übergriffen schutzlos ausgeliefert. Der Kommissar packte ihn am Arm, aber er wehrte sich, krächzte laut auf, flehte ihn mit beschwörendem Blick an.

Mit seiner immensen Kraft erwehrte er sich seines Herrn – dem gelang es letztendlich nur mit Hilfe des Wirtes und eines Stalljungen, den Lakaien weinend und schreiend aus seiner Stube in den Stall zu zerren. Während seines lauten, gutturalen Protests redete ihm sein Herr gut zu, doch das bewirkte wenig, da er gehörige Angst hatte vor den gewalttätigen Handgreiflichkeiten, von denen sein Herr nichts wusste.
Er müsste sich sofort darum kümmern, dachte der Kommissar und eilte zum Gemeindevorsteher, der eine weitere Versammlung für den nächsten Tag einberief.
Am nächsten Morgen war jedoch der Lakai nicht mehr aufzufinden: Die Spuren verschwanden unter weich fallendem Schnee und führten ins dunkle Dickicht.
Vielleicht war es für den Moment besser so, wie der Kommissar auf dem Weg ins Haus des Gemeindevorstehers dachte, machte sich aber um das Wohlergehen seines Dieners große Sorgen, er konnte ja nicht im Schnee übernachten. Im Haus angelangt, adressierte er dieselbe Menschenmenge und hoffte, in Ruhe und ohne weitere beschwerliche Vorkommnisse überwintern zu können.
„Verehrte Bürger! Ich bitte Sie inständig, meinen werten Diener, der in seinem Leben niemals einer Menschenseele etwas zuleide getan hat, diesen Winter bei Ihnen in diesem Dorf in Ruhe zu vergönnen. Man mag in Anbetracht seines Äußeren Zweifel an seiner Redlichkeit hegen, doch kann ich Ihnen versichern, dass er seine schwarze Haut nur deshalb erworben

hat, da ihn das fürchterlich brennende Wüstenfeuer selbst gebar. Auch bitte ich Sie, dem unschuldigen Lakaien keine unangemessenen Vorurteile anzukreiden – er entstammt immerhin der ältesten Kultur, die eines der sieben Weltwunder, nämlich die ägyptischen Pyramiden, hervorgebracht hat. Und er selbst ist sogar der Nachfahre eines abessinischen Königs! Somit bitte ich Sie untertänigst, meinen Lakaien, der auf redliche Art und Weise von seinem früheren Herrn freigekauft wurde und mir seit jeher den besten Dienst erwiesen hat, vor unbarmherziger Gewalt zu verschonen und ihm nichts anzulasten, das wohl die wilden Tiere im Wald begangen haben müssen."

Eine Frau weinte laut und schrie um ihre arme kranke, vom schwarzen Hexenmeister verzauberte Tochter, die gleich am ersten Tag seiner Ankunft von einem Schneeball im Gesicht getroffen worden war – so hatte wohl die Verzauberung stattgefunden, die sie sogleich im Bett mit Fieberanfällen daniederliegen ließ. Die Menge erboste sich sehr über diese Geschichte, denn sie bewies die Schuld des Mohren: Man verlangte nichts weniger als das Leben des Dieners, um diese Verzauberung aufzulösen.

„Ich kann Ihnen versichern, meine werte Frau, dass Ihre Sorgen unbegründeter Natur sind, denn, soweit es mich betrifft, sehe ich nichts weiter als eine unschuldige Schneeballschlacht, bei der sich Ihre Tochter eine ernste Erkältung zugezogen hat. Ich sehe keinen Grund, warum ein so herzensguter Mensch wie mein treuer Diener gerade Ihre so liebreizende Tochter verzaubern hätte sollen, insofern ich nicht einmal glaube, dass er die Fähigkeit dazu besitzt, da für eine Zauberei bekanntermaßen gesprochene Zaubersprüche notwendig sind und mein Diener das Fehlen seiner Zunge täglich beklagt. Abgesehen davon, meine werten Herrschaften, ist mein Leben, seit ich mit meinem friedlichen Mohren reise, viel einfacher und ich fühle mich in seiner Gegenwart sehr wohl und hoffe, dass sich auch bei Ihnen baldigst dieses Wohlgefühl einstellen wird, ohne ihm Böses anzudrohen."

Ein Aufschrei der Empörung! Dann sprach der Vater des erkrankten Mädchens in aufgebrachtem Tone: „Mit diesen Worten beweisen Sie doch selbst, dass wohl eine Verzauberung für das Wohlbefinden meiner Tochter verantwortlich sein muss! Der Diener, solange er gut behandelt wird, ist seinem Herrn von Natur aus wohlgesonnen, wie schon der treue Schildknappe Sancho Pansa in Aussicht auf eine Grafschaft oder eine Insul seinem Herrn Don Quijote nur das Beste zuteilwerden ließ, um auch selbst nicht ganz ohne Vorteil aus der Sache zu gehen. Somit ist es klar, dass Sie, werter Herr, gerne Gast unserer Gemeinde bleiben und wir Ihnen zwischenzeitlich auch gerne mit der Versorgung Ihrer Pferde zur Hand gehen. Aber der schwarze Hexenmeister muss dahin zurück, wo er hergekommen ist, damit sein magischer Einfluss keine Macht mehr auf unsere Tochter ausüben kann."

Mit diesen Worten schloss der Vater des kranken Mädchens und man ließ den Kommissar ratlos zurück: Das Urteil war ausgesprochen und wartete nur noch auf seine Exekution. Er war einerseits ob der Belesenheit der Menschen aus dieser ländlichen und bäuerlichen Gemeinde überrascht, anderseits verstand er nicht, wieso man trotzdem so ignorant blieb und Angst aus widersinnigen Vorurteilen schöpfte.

Ferdinand Nepomuk Hofbauer zerbrach sich darüber den Kopf, wie er seinen Lakaien behalten konnte, ohne dass diesem ein Leid zugefügt wurde. Ihn wegzuschicken dünkte ihm herzlos und feige, ihn länger in der Gemeinde zu belassen dumm und gefährlich. Vielleicht könnte er ihn bei sich im Zimmer verstecken, bis der Frühling kam? Doch der Wirt, sonst ein feiner Kerl, wollte ihn weder im Haus noch im Stall haben.

Auf ausgedehnten Spaziergängen hoffte der Kommissar, eine Spur seines Dieners zu erspähen oder ihn gar für eine persönliche Absprache anzutreffen. Ob er zu seinen Freunden in den Wald gelaufen war, um sich Trost zu verschaffen? Der Diener blieb verschwunden und der Kommissar mutmaßte bald, ob nicht die Männer des Dorfes für sein plötzliches Abhandenkommen verantwortlich waren.

Er beschloss nun: Sobald er Nono fand, sollten sie gemeinsam von hier verschwinden und woanders ihr Glück versuchen.

Seit der Ankunft des Kommissars waren nun mehrere Wochen vergangen. Die Landschaft erstickte unter dem Schnee und die Krähen kreisten über kahle Äste. Wie eine gläserne Wand schob sich die klirrende Kälte vor Fenster und Türen.
Wenn der Kommissar morgens die Augen öffnete, dauerte es von Tag zu Tag länger, bis er verstand, wo er sich befand. Einmal blieb er sogar den ganzen Tag im Bett, weil er der Meinung war, an Armen und Beinen gefesselt zu sein und sich nicht bewegen zu können. Erst als der Wirt sich nach dem Wohlbefinden seines Gastes erkundigte, fand er die Kraft, aus dem Bett zu steigen, sich zu waschen und anzuziehen.
Oftmals hörte er ein unverständliches Rufen, und wenn er aus dem Fenster blickte, war da nichts außer dieser unendlichen weißen Leere. Wenn die Stimmen lauter wurden, wollte er in die Gaststube hinunter, um dort um Ruhe zu bitten. Doch kam es vor, dass sich die Tür seiner Zelle nicht öffnen ließ. Einmal kam sogar jemand herein und schlug ihn so lange, bis er erwachte und der Wirt ihn am Boden schreiend vorfand. Dann war es wieder still, aber nicht für lange, denn die Stille kroch langsam, wie die Kälte, in sein Ohr und drückte von innen auf die Schläfen, bis die Stimmen und das Schreien wieder ausbrachen, ihn quälten und ihn dazu brachten, seine Zelle nur mehr selten zu verlassen. Der Wirt brachte ihm das Essen recht ungeschickt herein und die Qualität der Speisen sank von Tag zu Tag. Er fühlte sich immer mehr wie ein Gefangener – er wünschte sich

sehnlichst, seinen lieben Nono anzutreffen und mit ihm das Weite zu suchen.
Eines Abends traf der Kurier des Kaisers wieder ein und man begegnete einander, wie schon zuvor, in der Gaststube des Wirtes beim Nachtmahl.
„Eure Durchlaucht, es ist mir eine Freude, Sie hier wieder anzutreffen“, meinte der Kurier zu Ferdinand Nepomuk Hofbauer, „wobei ich vortreffliche Neuigkeiten zu berichten habe: Der Kaiser ließ sich endlich von den Landesherren erweichen und schickt nun Soldaten in diese Gegend, um der Wölfe- und Bärenplage Herr zu werden. Im letzten Sommer und Herbst hatten sich ja die Probleme diesbezüglich wieder gemehrt, und vielleicht läuft ja immer noch ein Löwe oder Fant frei herum, der sicher gehörigen Schaden anrichtet, kümmerte man sich nicht um ihn.“
Kommissar (sichtlich aufgeregt): „Wann werden denn die Soldaten in dieser Gegend erwartet, mein werter Herr?“
„Nun, das ist noch ungewiss, wie mir scheint. Einerseits hielt man es für eine erquickliche Idee, dem winterschlafenden Bären den Garaus zu machen, andererseits dünkt dies einem doch sehr beschwerlich, denn der Schnee häuft sich in dieser Landschaft und so ein Bär verbirgt sich exzellent – da scheint es wohl einfacher, ihn im Frühling aufzustöbern, wenn er sich wieder den Ranzen füllen muss, wie des Kaisers Zoologe versicherte.“

Der Kommissar, wieder etwas beruhigt, wollte nun vom Kurier wissen, ob er denn selbst jemals von einem Bären behelligt worden war.

„Nun, werte Durchlaucht, bekanntermaßen begegnet man Bären und Wölfen nur mehr sporadisch in den hiesigen Gefilden. Und ich wurde niemals von einem Bären im Wald attackiert. Doch wie mir zu Ohren kam, ist ein wildes Tier – den Spuren zufolge ein Bär! – dem Vieh und vier Jägern des Dorfes zum Verhängnis geworden."

„Ich hingegen", meinte der Kommissar zu dem Kurier, „habe schon mehrmals Bären in freier Wildbahn angetroffen und wurde noch niemals von ihnen angefallen. Schon als Kind, als ich mich allein im Wald verlaufen hatte, doch davon habe ich niemals jemanden erzählt. Und ein Bär, da bin ich mir sicher, begibt sich nur auf unser Niveau herab, wenn ihm sonst nichts mehr bleibt – auch die Menschen stehlen zuweilen aus Hunger und werden dafür nicht hingerichtet, folgerichtig sollte man auch dem Bären seinen Freiraum lassen und ihn nicht zu Übergriffen zwingen, die ihm dann den Tod bringen."

„Mein Herr, ich habe schon von dem werten Gemeindevorsteher, der Ihre Ansicht sogar teilt, gehört, dass Sie sich gerne für die Ausgestoßenen einsetzen. Doch ich meine, dass nicht alles so harmlos ist, wie Sie es einem weismachen: Bären sind gefährlich, stellen eine reale Bedrohung dar, gegen die man sich schützen muss. So ist es nun einmal: Der Stärkere oder derjenige, der sich am dienlichsten der

Umwelt anpasst, überlebt – behaupten das neuerdings nicht auch die Gelehrten? Nichtsdestotrotz ist Ihre Liebe zum Menschen, mag er noch so sehr dem Affen ähneln, und sogar zum Bären, mag er noch so gefährlich sein, eine Tugend, die ich sehr schätze. Doch der Mensch ist gemein und hat Angst – das macht ihn gefährlich!"

Ferdinand Nepomuk Hofbauer wollte davon nichts mehr hören, verabschiedete sich und der Wirt leuchtete ihm den Weg in seine Zelle.

Im Halbschlaf liegend dachte er an seinen Diener und hoffte, dass er bald wieder auftauchen würde, auch wenn er keine Ahnung hatte, wie er ihn vor dem Pöbel beschützen konnte.

Und mit der Zeit wuchsen seine Arme und Beine am Bett fest und Rufe und Fragen blühten aus der Tiefe, aus einer Welt, die er nur erahnte, die aber von Nacht zu Nacht immer mehr die Überhand über sein Leben gewann und stetig fragte: „Wissen Sie, wieso Sie hier sind?"

Am nächsten Morgen erwachte der Kommissar: Furchtbares Geschrei gellte vor der Schenke! Man zerrte einen Mann, der sich mit Händen und Füßen wehrte, aus den Stallungen.

Noch im Schlafrock und mit Pantoffeln bekleidet, lief er die Stiegen hinab und sah, dass es sich bei dem Schreienden um keinen Geringeren als um seinen Lakaien handelte. Am Eingang der Schenke stieß er plötzlich auf Widerstand: Zwei Männer aus dem Dorf versperrten ihm den Weg.

„Dürfte man erfahren, worum es sich hier handelt? Diese Unbill wird meinem Diener nicht gerecht! Haltet ein, sage ich, HALTET EIN!“

Der Wirt erschien hinter ihm und sagte: „Das kranke Mädchen ist heute Morgen gestorben! Gestern, als Ihr Diener noch verschollen war, befand sich das Kind auf dem Weg zur Besserung. Dieser Umstand ist als Beweis für seine Schuld ausreichend, das muss man nicht mehr laut aussprechen. Er hätte von dannen ziehen und dortbleiben sollen – nun wird ihm seine Sturheit zum Verhängnis!“

Jetzt war der Kommissar nicht mehr der Kommissar und sein Lakai nicht mehr sein Lakai: Er versuchte, die beiden Männer, die sich an dem Unschuldigen vergriffen, zu überwältigen. „Nein, das ist Unsinn, lassen Sie ihn los!“ Er handelte als Baptiste, um Nono, seinem treuen Freund, zu helfen. Nonos gutturale Laute, die nichts Gutes verhießen, gingen ihm durch Mark und Bein. Baptiste blieb erfolglos gegen die beiden Männer, die ihn überwältigten und festhielten. Der Wirt versuchte, ihm gut zuzureden, doch er schlug wie von der Natter gebissen um sich, während man eine Schlinge um Nonos Hals zog und ihm gleichzeitig die Hände am Rücken band. Tränen kullerten über Nonos Wangen und seine heiseren Schreie halfen nichts. Baptiste gelang es nicht, sich aus dem Griff seiner Widersacher zu befreien.

Man zog Nono am Halse hoch und band das Seil fest. Sein über der Erde baumelnder Körper zuckte qualvoll, seine gutturalen

Laute versagten langsam unter dieser himmelschreienden Ungerechtigkeit. Baptiste kämpfte mit verzweifelter Kraft gegen die Widersacher an, doch es half alles nichts: er musste er miterleben, wie man Nono vor seinen Augen abkehlte.
Als schließlich Ruhe in den am Hals hängenden Körper eingekehrt war, ließ man von Baptiste ab. Regungslos blieb er am Boden liegen und weinte bittere Tränen, ohne aber einen Laut von sich zu geben.
Der Wirt sagte, mit dem Blick gen Himmel gerichtet: „Die Seele des Kindes kann nun endlich den Himmel betreten!"
Dann verschwand auch er in seiner Küche und deutete noch den beiden Männern, dass man Baptiste nach oben bringen solle. Er wehrte sich nicht mehr, so ausgelaugt und zerstört war er ob des Anblickes seines toten Freundes. Tausend gewalttätige Gedanken fuhren ihm durch den Kopf und im Hass schmiedete er einen Plan, der für niemanden im Dorf gut ausgehen würde.

Nachdem Baptiste wieder zu sich gekommen war, zog er sich warm an, dann öffnete er das Fenster und betrat den helllichten Tag, auf dem nun ein großer schwarzer Schatten lag. Nahe der Schenke baumelte der leblose Körper. Krähen saßen auf demselben Ast und krächzten. Mit schwerem Herzen blickte er in die andere Richtung und schritt in den laublosen Wald, dort, wo er Coco und Bukowski vermutete, denn er darbte nach den tröstenden Worten seiner Freunde. Er hoffte, sie würden ihn an seiner Witterung erkennen und ihm bald entgegenkommen. Stundenlang irrte er durch die Gegend, in jener Richtung, wo er die letzten beiden Jäger im Wald verschwinden gesehen hatte. Und da waren auch zwei Schneehaufen, unter denen wohl seine Freunde schliefen. Eine bläuliche menschliche Hand streckte die verkrampften Finger in die Höhe, vom Rest des Körpers war nicht viel übrig.

Baptiste schaufelte mit bloßen Händen, bis er auf Fell stieß – und tatsächlich: Da schlief Coco, den er an seiner charakteristischen Schnauze erkannte. Doch sein Freund rührte sich nicht. Denn unter ihm befand sich die halbe Ziege, an der er zugrunde gegangen war. Daneben lag auch Bukowski, der ebenso dem Strychnin erlegen war. Der Hunger musste sie dazu getrieben haben! Dabei hatte er sie Tausende Male davor gewarnt, von ausgelegten Ködern zu naschen. Er streichelte traurig seine toten Kameraden und sein Magen verknotete sich zu einem widerlichen Schmerz.

Baptiste erhob sich und irrte durch den verlassenen Winterwald. Stunden später entdeckte er die erste Bärenhöhle und weckte einen der schlafenden Bären, den er aber nicht näher kannte: „Verzeiht mein Eindringen in Ihre warme Behausung! Sie wissen sicher, wer ich bin: Bringen Sie mich zu Immanuel, eurem Anführer!“

Der Bär erkannte ihn und gebar sich wenig erfreut über das plötzliche Auftauchen des Menschen, dessen Fährte ihn anwiderte.

„Los! Schneller! Es ist wichtig, dass ich Immanuel noch heute sehe!“

Der Bär brummte enerviert. Aber wenn dieser Mensch die lebensbedrohliche Gefahr auf sich nahm, einen schlafenden Bären zu wecken, dann musste es wichtig sein.

Sie trotteten zwei Stunden durch den verschneiten, kahlen Wald, der blätterlos den Anblick des düsteren Himmels darbot. Da zeigte der unbekannte Bär auf eine Höhle, in der der Bärenanführer Immanuel hauste. Dann drehte er sich um und stapfte wieder zurück, um seine Winterruhe fortzusetzen.

Baptiste stürmte zur Höhle: Im tiefen Schnee fiel er zu Boden, rappelte sich außer Atem wieder hoch und brach durch die Schneewand in die Dunkelheit, dort, wo man selig im Schlaf brummte. Doch dieser wurde auf so unangenehme Weise unterbrochen: Dieser Mensch drang im Traumreich auf die Bärenbarke und ließ sie mit einem Schrei daraus auftauchen. Immanuel öffnete die Augen und erblickte einen Menschen in der Finsternis. Er wusste nicht, warum er gekommen war, schlaftrunken überlegte er jedoch, ihn sofort mit einem Prankenhieb dahinzumeucheln. Doch schließlich erkannte er in dem Menschen seinen Freund Baptiste und da dieser trotz aller Absprachen auftauchte, musste es von immenser Wichtigkeit sein.

„Wachen Sie auf, Immanuel! Sie kommen! Die Menschen kommen! Sie haben Coco und Bukowski vergiftet und Nono hingerichtet! Jetzt kommen sie, um auch euch zu meucheln. Kommen Sie, wir müssen das Dorf zuerst angreifen, noch diese Nacht, bevor die Soldaten, die der Kaiser zur Bärenjagd abberufen hat, diese Gefilde erreichen …" Baptiste stockte und verstand sein eigenes Kauderwelsch nicht mehr. Er wollte das Dorf brennen sehen. Sie mussten für ihre unrechten Taten gerichtet werden und die Bären sollten ihm dabei helfen!

„Genosse, habe ich richtig gehört? Soldaten sollen auf Befehl des Kaisers kommen, um uns aufzustöbern und uns das Fell über die Ohren zu ziehen?"

Baptistes Herz raste vor Wut, er bekam kein Wort heraus.

Immanuel sprach ruhig weiter: „Wieso sollen wir das Dorf angreifen? Wenn die Soldaten kommen und wir tatsächlich das Dorf zerstört haben, dann wissen sie doch, dass wir da sind, und werden uns jagen. Denn unsere Spuren werden noch frisch sein. Ich denke, falls sie wirklich kommen, ziehen sie zuerst in die nächste Kaserne, um zu überwintern. Und wenn sie uns in der Schneeschmelze hetzen, werden wir schon lange auf und davon sein. Griffen wir jetzt das Dorf an, müssten wir sofort in Richtung Bärental losziehen und würden verhungern, denn der Winter bietet uns nichts außer ungeschützter Wildnis, vergiftete Kadaver und Spuren im Schnee, die uns verraten. Ohne Nahrung und all den Gefahren ausgesetzt, werden wir alle zugrunde gehen. Es tut mir sehr leid um unsere Freunde

Bukowski, Coco und Nono, doch wir müssen hierbleiben, das ist unsere einzige und beste Aussicht auf Überleben. Wir werden all die ungerecht Gefangenen befreien und den Kaiser stürzen! Doch dafür brauchen wir jeden einzelnen Bären! Eine Armee von Bären aus dem Osten ist angekündigt und soll im Bärental zu uns stoßen. Mit den aus der Menagerie befreiten Gefangenen werden wir die Lage sondieren, bevor wir den letzten großen Schritt, nämlich die Eroberung der Kaiserstadt, wagen. Das ist Ihr Plan, mein werter Baptiste, das sind Ihre Worte – und es ist ein guter Plan, es sind kluge Worte! Lasst uns schlafen. Wir sind im Moment sicher hier. Zu dieser unwirtlichen Zeit kommt keiner so tief in den Wald, um uns zu jagen. Ich weiß schon, wann es Zeit sein wird, aufzuwachen und weiterzuwandern. Bitte vertrauen Sie mir, so wie ich Ihnen vertraue!"

„Sie werden kommen und euch abschlachten und euren Pelz an die Wände der Generäle und Adeligen hängen! Erst haben sie Nono gemeuchelt, nun werden sie sich an euren Pranken *verlustigen*, während ihr auf eurer Bärenbarke in die Ewigkeit schaukelt! Sie werden keine Gnade haben! Sie haben mit niemandem Gnade!"

Und dann sprang Baptiste hoch und lief hinaus in den kalten Winter, halb wahnsinnig vor Verzweiflung. Und seine Tränen erstarrten im eiskalten Winterwind.

Zu Beginn der Abenddämmerung erreichte er wieder das einsame Dorf.

Seine Schuhe knirschten im Schnee, Nono baumelte sanft im Wind.

Ohnmächtige Wut und die furchtbare Lust nach Rache.

Er kletterte durch das Fenster in seine Zelle, fiel erschöpft ins Bett und schlief tief und fest, bis ihn ein grauenvolles Getöse aufschrecken ließ: Schüsse und gelegentlich das Summen von durch die Luft fliegenden Kanonengeschoßen.

Er erschrak in der Dunkelheit: *Die Soldaten des Kaisers! SIE SIND HIER!*

Er sprang auf, um seine Kemenate zu verlassen, doch die Tür war versperrt. War dies wieder einer dieser Albträume? Er war völlig verstört: *Wieso soll ich bestraft werden? Oder hat man mich schließlich doch erkannt?*

War von Lohengrin gekommen, um ihn höchstpersönlich in der Jauche zu versenken?

Mit einem Mal war das Fenster mit Eisenstäben versehen, die das Hinausklettern unmöglich machten – man musste sie während seines tiefen Schlafes angebracht haben. Auch seine edle Kleidung musste ihm der Pöbel vom Körper gestohlen haben: Jetzt war er barfuß und trug ein blaues, einfaches Gewand. Selbst die Möbel waren – bis auf das Bett – verschwunden.

Draußen in der Dunkelheit wurde der Tumult immer lauter. In der Entfernung erblickte er das Emporlodern eines

Flammenmeers. „Die Bären? Meine wunderbaren Freunde! Sind sie doch gekommen, um mich bei meiner Rache zu unterstützen?"

Schreiend und an der Tür trommelnd machte er sich lautstark bemerkbar. Zwei Männer stürmten herein und schlugen vehement auf den Gefangenen ein – da zerbarst plötzlich das Gemäuer in einer furchtbaren Explosion und neben dem Fenster klaffte nun ein Loch weit auf! Die Kanonenkugel, die diesen fürchterlichen Lärm verursacht hatte, zertrümmerte einen seiner perfiden Peiniger. Der andere lag von zerschmetterten Mauerstücken getroffen mit blutüberströmtem Gesicht in einer Ecke. Feiner weißer Staub trübte wie Nebel die Wahrnehmung. Der Gefangene hustete und befreite sich vom zerbröselten Mauerwerk. Abscheuliches Geschrei drang in seine vom Lärm rauschenden Ohren; Schüsse, Kanonenfeuer überall. Er näherte sich behutsam dem Durchbruch in der Mauer und versuchte, etwas in der Dunkelheit auszumachen. Doch außer Schatten und Menschenschreien blieb alles schemenhaft chaotisch. Völlig außer Atem sprang er mit einem Satz aus seiner zerstörten Zelle und verschwand geschwind in der Dunkelheit.

REVOLUTION

Der Tag kroch langsam heran, als Baptiste in der Ferne die Mauern der Kaiserstadt erblickte.

Wie lange war er durch die Wälder geflohen, bis er wieder auf Zivilisation getroffen war? Von seinen Bärenfreunden hatte er niemanden angetroffen, nicht einmal auch nur das Geräusch eines wilden Tieres vernommen. Nur Schüsse, Kanonenfeuer, ein Lichtermeer am Horizont. Manchmal Schreie, Kerzenschein und Fackeln. Er blieb in der Dunkelheit des Waldes versteckt, wollte sich nicht zu erkennen geben.

Von einem Leichnam stahl er Lammfelljacke, Hose, Socken und Stiefel, nur das blutverschmierte Hemd ließ er ihm.

War man ihnen auf der Spur?

Die Vororte erreichend, blieb er soweit es ging im Verborgenen.

Tote Menschen lagen verstreut in der Gosse.

Kleine Gruppen von Soldaten exerzierten entlang der Straßen. Manchmal warf jemand Flaschen oder seinen vollen Nachtscherben von oben auf die Soldaten, die auseinanderstoben und – als wäre dieser armselige Angriff eine tatsächliche Bedrohung – auf die vermeintlichen Schuldigen, die hinter den Fenstern lauerten, schossen.

Der Krawall von beschlagenen Pferdehufen näherte sich – die Kavallerie rückte an, um die bedrohten Soldaten zu unterstützen.

Baptiste suchte das Weite.

Leichter Nieselregen fiel auf das Land.

Von Weitem beobachtete er, wie sich eine Menschentraube um ein Podest bildete, auf dem ein Galgen mit dem Tode drohte. Ein Scharfrichter und zwei Wachmänner stiegen hoch und man präsentierte dem Pöbel einen geschorenen Gefangenen. Vereinzelt riefen Frauen, dass er den Tod nicht verdient hätte, denn er war des Nachts bei ihnen gewesen. Eine erklomm sogar das Podest, warf sich dem Sträfling zu Füßen und weinte, doch man entledigte sich ihrer auf unfeine Weise. Dann gab man dem zum Tode Verurteilten noch die Gelegenheit, etwas zu sagen. Dieser erhob stolz sein Haupt und schrie aus voller Brust: „ICH BEREUE NICHTS!"

Es deuchte Baptiste, als wiederholte sich ihm die Exekution des Roten Pierres.

Doch dieses Mal ließen sich die Menschen die gemeine Meuchelei der Exekutive nicht gefallen: Als man dem armen Teufel den Kopf mit einem schwarzen Tuch bedeckte, stürmte der Pöbel die Bühne und vergriff sich am Scharfrichter und den Wachmännern, noch bevor man die Falltür betätigen konnte. Umstehende Soldaten eröffneten sofort das Feuer auf die Angreifer. Schreie und Chaos, wieder das Herannahen der galoppierenden Kavallerie. Baptiste verzog sich in eine dunkle Ecke, um nicht in den blutigen Kampf hineingezogen zu werden.

Hatten die Menschen den Verstand verloren? Dieses plötzliche Aufbegehren der Bürger gegen die Obrigkeit versetzte Baptiste in Erstaunen. Hatte sein Kampf gegen die erbarmungslose Herrschaft, gemeinsam mit seinen Freunden, den Bären, endlich Früchte getragen? War das Feuer der Revolution endlich entzündet? Er blickte in Richtung der Kaiserstadt, die immer noch brannte.

Eine Explosion erschütterte die Nachbarschaft.

Schüsse, Schreie, Chaos: Ja, es musste das Feuer der Revolution sein. Man ließ sich nicht länger auf der Nase herumtanzen – der Umsturz der Herrschaft wurde nun umgesetzt.

Durchlöcherte Hemden in Rot-Weiß-Rot wehten als Fahnen gehisst.

Je näher er der Kaiserstadt kam, desto mehr Tote. Soldaten wie Zivilisten lagen auf den Wegen, lehnten an Bäumen und Mauern, hingen an Ästen oder an Laternen gebunden, mit in Blut geschriebenen Aufschriften wie VERRÄTER, ES LEBE DER TOD oder TOD DEM KAISER.

Eine Gruppe Soldaten strömte in Richtung Kaiserstadt – sie waren wohl durch die heftige Explosion hinter der Stadtmauer alarmiert worden. Baptiste folgte ihnen mit Stolz erfüllter Brust, jedoch in sicherem Abstand, um nicht sofort erkannt zu werden und seine Mission zu gefährden.

Da erblickte er am Straßenrand einen alten Mann in Lumpen. Mit einem Becher rasselte er, als wüsste er nicht, welche

Tageszeit es war, und als merkte er nicht, was um ihn herum vor sich ging. Ein gewaltiges Tier lag neben ihm und schlief.
Baptiste näherte sich ihm neugierig und erkannte, dass das Tier ein Bär war. Ein sehr alter Bär, wie es schien, denn sein Fell war gräulich blass und zerschlissen. Er beugte sich zu dem Bären, der einen Maulkorb auf der Schnauze trug und schwer atmete: „Mein Freund, wie geht es Ihnen? Ich hoffe, der Alte behandelt Sie gut, denn wenn nicht, wird er sogleich in diesem Chaos blutig untergehen."

Der Bär öffnete die Augen. Der alte Mann fragte: „Ist da jemand?", und schepperte mit seinem mit Münzen befüllten Becher.

„Na, geht es Ihnen nicht gut? Sie erinnern mich an die Bäroness, haben Sie sie gekannt?"

„Wer ist denn die Bäroness?", fragte der blinde Alte. Der Bär schwieg.

„Mein Freund, was ist los mit Ihnen? Sind Sie stumm? Hat man Ihnen die Zunge aus dem Maul herausgeschnitten?"

Baptiste sorgte sich sehr um den alten Bären.

„Ich bin doch nicht stumm", erwiderte der Alte. „Und wer sind Sie, was wollen Sie von mir?"

Baptiste kraulte das Fell des Bären, der sich knurrend erhob. Sich auf seine Hinterbeine stellend blieb er dabei dennoch gebückt und grollte leise. Als Baptiste im Begriff war, ihn noch einmal am Kopf zu streicheln, schlug der Bär brüllend mit seiner Pranke aus und verfehlte Baptiste nur um Haaresbreite.

„Was ist denn los, mein Freund, belästigt dich jemand? Wer ist da?“, fragte nochmals der Alte und Baptiste verstand die Welt nicht mehr.

„Werter Kamerad der Revolution, ich bitte um Verzeihung! Ich wollte Sie nur darum bitten, mir mitzuteilen, ob Sie Wort von den Bären aus dem Wald erhielten, etwa von Immanuel, dem Anführer der Bärenrevolution, ob der Angriff auf die Kaiserstadt bald stattfinden werde. Mir dünkt, es wird Zeit, die gefangenen Bären aus der Menagerie zu befreien. Es wäre das Beste, den Angriff, sobald als möglich auszuführen, denn die Obrigkeit hat in diesem Moment alle Hände voll zu tun und kann sich keinen weiteren Angriff leisten. Nun ist die Zeit reif! Ich bitte Sie, das Wort der Bärenrevolution weiterzugeben und dafür zu sorgen, dass alle Beteiligten davon erfahren.“

Der alte Bär begann plötzlich, wohl entgegen seiner Gewohnheit, wütend mit seinen Vorderpranken am Pflasterstein zu trommeln und so laut zu brüllen, dass sein menschlicher Begleiter um Hilfe zu rufen begann: „Zu Hülf! Ein Verrückter will meinem Tanzbären was antun! Helfen Sie mir doch!“

Die vorbeilaufenden Soldaten hatten wohl mit anderen Problemen zu kämpfen, denn man beachtete sie keineswegs. Ob es an den brennenden Gebäuden lag?

Baptiste kannte dieses aggressive Bärenverhalten natürlich, doch beobachtete man es für gewöhnlich nur unter Rivalen. Es leuchtete ihm nicht ein, wieso dieser Bär, sein Bluts- und

Waffenbruder, ihm so ungebührlich gesinnt war. „Ich hoffe, Sie wissen, was Sie tun, mein Freund. Ich rate Ihnen: Seien Sie bereit für den Todeskampf, der bald über diese Stadt hereinbrechen wird; seien Sie darauf vorbereitet, dass man von Ihnen verlangen wird, Ihr Leben für die Freiheit aller Bären zu opfern; seien Sie bereit für die allerletzte große Schlacht zwischen Mensch und Bär, für die Revolution gegen die Herrschaft der Unbarmherzigen, der Ungerechten, der Tyrannen!"

Der alte Mann erhob seinen Blindenstock, um den vermeintlichen Angreifer abzuwehren, und schlug ins Leere.

„Ich bitte Sie, Kamerad, sagen Sie doch ein Wort!", flehte Baptiste den Bären an, doch der brüllte noch einmal, diesmal etwas ruhiger, und legte sich wieder zur Ruhe, als hätte man ihn furchtbar gelangweilt.

„Denken Sie an meine Worte, wenn die Zeit kommt", meinte Baptiste abschließend, dann überließ er den Bären wieder seinem Schicksal und eilte in die Richtung, wo all die Soldaten hingelaufen waren.

Dorthin, wo die Revolution wütete.

Als Baptiste vorsichtig das modrige Stadttor durchschritt, empfing ihn eine scharfe Brise. Der Mann, der für gewöhnlich die Maut kassierte und einen nach den Gründen für den Eintritt in die Stadt befragte, ruhte dahingemeuchelt in seinem eigenen Blut.

Überall zerstörtes Mauerwerk; die Straßen waren zugepflastert mit Toten, und ein Junge fledderte dieselben. Schüsse, Schreie, weit hinter dem Qualm, als käme der Tumult aus einer anderen Zeit.

Baptiste stieg über die blutüberströmten Leichen von Soldaten und Zivilisten, Frauen, Kindern und Alten. Zuweilen schoss jemand aus dem Hinterhalt und Baptiste warf sich in Deckung. Fenster waren zersprungen, Säcke voller Mehl lagen verstreut, vermengten sich mit entsetzlich viel Blut.

Das war die Revolution: Chaos, Tod, Zerstörung!

Eine vermummte Frau beweinte ihren toten Mann. Zwei Männer kamen mit einem Karren an und begannen, die Toten darauf zu stapeln. „Damit's kane Kraunkheiten gibt", sagte der eine, als er Baptiste bemerkte, und setzte seine Arbeit fort.

Baptiste eilte weiter eine breite Straße entlang, wo noch Tage zuvor Menschen auf einem belebten Markt gehandelt hatten. An deren Ende thronte schon von Weitem eine prächtige Kathedrale. Auch sie war von dem Tumult nicht verschont geblieben: Das Dach war zum Teil eingestürzt, die sonst farbigen Fenster, auf denen allerlei Heilige abgebildet waren, klafften weit offen wie schwarze Wunden. Durch das geborstene und verbrannte Haupttor des gotischen Meisterwerks hatte man sich gewaltvoll Zutritt verschafft. Zwischen den verrußten Resten lagen tote Zivilisten, wohl Kirchenbesucher, die zur falschen Zeit am falschen Ort

gewesen waren. Oder Revolutionäre, die sich hier versteckt hatten.
Alles war still, alles war tot.
Der Morgenhimmel leuchtete rot durch die aufsteigenden apokalyptischen Rauchschwaden. Grelle Schreie durchbrachen die Stille, dann der galoppierende Hufschlag am Pflasterstein: ein Kavallerist, der durch die Hölle jagte. Ein Fenster öffnete sich und man goss einen vollen Eimer auf die Straße. Das zwecklose Donnern einer Kanone, die sich ganz plötzlich noch einmal aufbäumte, obwohl alles vorbei war – obwohl alle hingeschlachtet daniederlagen.
Vor der Kathedrale stehend, überlegte Baptiste, ob er den Weg durch die Kaiserstadt fortsetzen sollte, entschied sich aber dagegen. Denn er wusste, er würde bald auf eine Kaserne treffen, wo es gewiss vor Infanteristen nur so wimmelte – und dass man ihn nun erkannte, das wollte er auf jeden Fall vermeiden, so kurz vor dem Ziel. Er hatte sich für eine Mission in die Höhle des Löwen gewagt. Diese Mission galt es, unter allen Umständen auszuführen, davon hing die Moral, davon hing das Leben der revolutionären Bärentruppe ab – ja, davon hing der Erfolg der wahren Revolution ab.
Baptiste kletterte über die Leichen der Gemeuchelten und betrat den Dom. Er schritt ehrfürchtig – nicht aus Religiosität, sondern aufgrund der übertriebenen Opulenz – den mit grausamen Passionsbildern verzierten Gang entlang und suchte den Aufgang zu einem der Glockentürme.

Da lag ein Priester in seinem Gedärm, grundlos erschossen, seine Arme links und rechts von sich gestreckt, als stelle er den Tod seines Herrn Jesus Christus nach.
Das Gold hinter dem Altar war unberührt: Noch war niemand dazu gekommen, den Dom zu plündern.
Baptiste schwebte in diesem Moment etwas anderes vor als Reichtum.
Eine Tür war verschlossen, eine andere ließ sich öffnen. Und da wanden sich auch schon die kalten, steinernen Stufen des Glockenturms in die Höh'. Von dort wird man nicht nur die Kaiserstadt, sondern meilenweit in alle Richtungen blicken können. Vielleicht sah er sogar seine Freunde, die Bären! Endlos schraubte sich der Turm fensterlos in den Himmel. Baptiste stürzte und schlug sich das Knie auf.
Wieso hat der alte Tanzbär nicht zu mir gesprochen, geisterte es durch seinen Kopf. *War er schon zu lange in der Obhut des Menschen gewesen?*
Dann überlegte er seine weiteren Schritte: Was würde ihn in der Menagerie erwarten? Würden die seit Jahren gefangenen Tiere lieber eingesperrt bleiben wollen? Würde man ihn fortschicken, zurück zu seinen revolutionären Bärenkameraden, mit der Nachricht, dass man keine Revolution wünschte?
Doch Baptiste hielt dies alles für Nonsens: Dass ein Lebewesen in Gefangenschaft bleiben wollte? Ja selbst seine Freunde Coco, Wojtek und Bukowski hatten sich schließlich, nach anfänglichen

Schwierigkeiten, zu freiheitsliebenden Wesen gemausert, die letztendlich lieber stehend starben, als kniend lebten.

Baptiste erreichte den Glockenstuhl: Der morgendliche Himmel breitete sich vor ihm in all seiner Pracht aus. Die Sonne stand knapp über den Hügeln und versteckte sich zeitweise hinter Wolken. In der Ferne vernahm er Bauern, die ihr Feld bestellten und entweder von den Tumulten in der Stadt nichts mitbekommen hatten oder trotz der Gefahr ihre Arbeit verrichten mussten, aus Angst, von ihrem Großgrundbesitzer bestraft zu werden. Vereinzelt sah man auch bei den Bauern Rauch aufsteigen.

Etwas näher gelegen erkannte Baptiste nach genauerem Hinsehen eine massive Eiche, an der an die fünfzig Leichen baumelten. Und je näher sein Blick an die Stadtmauern herankam, umso mehr Leichen konnte er ausmachen, nicht nur in den Straßen und Gassen, sondern auch an den zerschossenen Fenstern und eingestürzten Dächern.

Zorn erfüllte ihn und er schrie aus voller Brust: „NIEDER MIT DEM KAISER! NIEDER MIT DER UNBARMHERZIGEN OBRIGKEIT! NIEDER MIT DEN GROSSGRUNDBESITZERN!“

Immer wieder wiederholte er diese Worte, ungeachtet der Gefahr, dass man zu ihm vorstürmte und ihn vom Turm stieß. Er schrie, bis seine Stimme nachließ.

Zuerst glaubte er, ein Echo zu hören, nach genauerem Hinhören jedoch war ihm, als ob andere, von derselben

Verzweiflung wie er selbst getrieben, ebenfalls von den Türmen und Dächern schrien: „NIEDER MIT DEM KAISER! NIEDER MIT DER BRUTALEN VORHERRSCHAFT! AUF IN DEN KAMPF, IMMER WEITER, BIS ZUM SIEG!“
Ein Kanon mehrerer Stimmen vereinigte sich zu einer, eine Hasswolke aus den Mäulern der Unterdrückten und Erniedrigten. Und Baptiste erlangte, genährt von dieser verbalen Klangwolke, seine aufständische Kraft zurück und schrie aus vollem Hals, gemeinsam mit seinen Verbündeten, diesen gewaltvollen Revolutionären, seinen Unmut von den Türmen, den Dächern, den Erkern in die Straßen und Gassen: „NIEDER MIT DEM KAISER! NIEDER MIT DEN GROSSGRUNDBESITZERN! NIEDER MIT DER SKLAVEREI! NIEDER MIT DER BRUTALEN VORHERRSCHAFT! AUF IN DEN TOD!“ Er schrie so lange, bis ihm die Stimme endgültig versagte und krächzend ausklang, er vor Erschöpfung direkt neben der Kirchenglocke zu Boden ging und einschlief, mit dem Bewusstsein, nicht alleine, sondern mit den Bären gemeinsam einen gerechten Kampf, im Sinne eines Pierre des Roten, für all die Unterdrückten, Geschlagenen, Verzweifelten, Deserteure, Versklavten und anderen Hoffnungslosen zu führen.

Vor dem nächsten Sonnenaufgang verließ er die Stadt, in der es vor Soldaten nur so wimmelte, und er erreichte die Vorstadt, wo schon aus der Ferne das Schloss pompös thronte.

Dieses Schloss war von einem prunkvollen Garten umgeben, in dem sich eine auf Grund ihres Artenreichtums prominente Menagerie befand.
Aus dieser Menagerie hörte man früh am Morgen schon von Weitem die verschiedensten Geräusche wilder Tiere, die Baptiste weder benennen konnte, noch wusste, wie sie eigentlich aussahen.
Wachmänner patrouillierten um das kaiserliche Anwesen, in diesen gefährlichen und zerrütteten Zeiten mehr denn je.
Man munkelte, der Hofstaat samt kaiserlicher Familie wäre gen Osten geflohen, aber wirklich gesehen hatte es niemand. Und so richtig glauben wollte es auch niemand.
Man hatte die Absicht, dem Kaiser gehörig Angst einzujagen: Es reichte nicht, seine Minister zu lynchen, da musste die Furcht gegenständlich, zur brutalen Allgegenwart werden.
Hier, mehrere Meilen von der Kaiserstadt entfernt, war es nicht zu so derartig gewalttätigen Auseinandersetzungen gekommen – der Pöbel hatte sich in die Häuser zurückgezogen, um sich neu zu formieren, zu beraten, um weitere Anschläge zu planen. „Bald würden sie kommen, die heimtückischen Soldaten!“, so meinten sie und scherten sich einen Dreck darum, soffen und lachten, hielten aufrührerische Reden und zeigten einander stolz die blutverkrusteten Verwundungen, die sie sich während des Gefechts zugezogen hatten.
Zu später Stunde betrat Baptiste eine Kneipe nahe dem schwer bewachten Schloss und war erstaunt darüber, wie es hier zuging:

Studenten sprangen auf die Tische und schwangen revolutionäre Ansprachen, die die Leute zum Johlen brachten. Gemeinsam erfand man aufrührerische Lieder, Märsche; Harmonikas musizierten und Frauen sangen mit prachtvollen Stimmen. Man organisierte Zusammenkünfte, Kundgebungen, wollte gemeinsam Exekutionen von Genossen verhindern – nichts war leichter, als jemanden vom Galgen zu schneiden, deshalb änderte das Militär im Verlaufe der Schlacht seine Taktik und forcierte die standrechtliche Erschießung. Zu Dutzenden wurden sie an die Wände gestellt und gnadenlos wie räudige Hunde abgeknallt. Erst wusch man das Blut von den Wänden, dann von den Händen. Und man tat, als wäre nichts passiert, und man dachte, die Ruhe wäre wiederhergestellt, denn die Angst regierte, die Flinte dominierte, die Befehlsgewalt reorganisierte die Moral, die Gerechtigkeit wurde umgedreht und man wusste nicht, was besser war: zu bluten oder seinen Zorn von den Dächern zu schreien, zu töten oder einfach nur zu hoffen, dass am Ende alles gut wird.

Nichts wird gut, wenn man nicht handelt, dachte Baptiste. *Wer nur hofft, der stirbt. Wer kämpft, stirbt auch, aber gleich umso bedeutungsvoller. Nur wer nichts hat, wofür es sich zu kämpfen lohnt, bleibt besser zu Hause.*

„Und wer nicht kämpft, wer sich nicht als Mensch bewährt, der soll für immer ein verlauster Köter bleiben!" Das johlte einer der Studenten auf den Tischen und Baptiste selbst hätte es nicht besser formulieren können.

Baptiste setzte sich und bat um eine Mahlzeit für einen wahren Revolutionären, worauf man ihn nur skeptisch betrachtete und ihm eine Biersuppe vor den Latz knallte. Er aß, als hätte er seit Wochen nichts gegessen, so ausgehungert war er. Auch ein Glas Wein schob sich in seine Richtung, als hätte es sich verirrt und nun seinen wahren Besitzer gefunden. Bald drehte sich alles und er entspannte sich, trotz der imminenten Gefahr, dass jederzeit die Soldaten des Kaisers die Schenke stürmen und alle Anwesenden wegen Hochverrats hinrichten könnten. Ein Lied wurde angestimmt und die ganze Meute sang: „Nehmt das kleine Kaiserlein und hebt es auf den Galgen, steht ihm die Bläue ins Gesicht, müssen wir uns nicht mehr balgen!" Die Stimmung war famos und der Rausch immens.

Die Rede eines Studenten drang trotz des Lärmes bis zu Baptiste vor: „In solch einer Gesellschaft werden die Armen und Schwachen durch skrupellose Gesetze kontrolliert, ohne dass sie diese Gesetze überhaupt verstehen können, da sie so formuliert sind, dass nur die Gebildeten und die Beamten, die sie immerhin verfassten, ihre Bedeutung, die ausschließlich zum Vorteil der Herrschaft gereicht, verstehen können. Die Diktate des Geldes, unsichtbar oder unverständlich für die Mehrheit, beeinflussen den Einzelnen, ohne dass er es überhaupt merkt! Für die Bewohner dieses schmucken Kaiserreiches bleiben Reichtum und Unabhängigkeit für immer unerreichbar, allein deshalb, weil es nicht im Interesse der Herrschaft liegt, dass es unabhängige Bürger gibt – wen gäbe es dann zu kontrollieren?

Wer würde sich ihnen fügen? Wer würde den Affentanz mittanzen?“ Der Student war von der formidablen Stimmung aufgeheizt und setzte seine aufrührerische Predigt fort: „Folgendes ist unwiderlegbar: Die Löhne der Leute bleiben gleich, oder verringern sich sogar, während die Großgrundbesitzer immer reicher und mächtiger werden. Und diese lieben es zu behaupten, ihre Wirtschaft läge am Rande des Ruins, während sie sich in den Salons die teuersten Speisen und Saufereien leisten und dabei ihre Arbeiter verlachen, die sich zu Dutzenden auf kleinstem Lebensraum aneinanderschmiegen und nackte Suppen schlürfen müssen. Während die Reichsten auf niedrigstem Niveau leiden, darben die Ärmsten auf höchstem. Man könnte behaupten: Die gesamtgesellschaftlichen Zukunftsperspektiven stehen am Rande des Ruins! Die Versprechen über Wohlstand und Unabhängigkeit sind nur Lügen der Obrigkeit! Und reißt der Ausgebeutete sein Maul auf, bedroht man ihn mit dem Verlust des Einkommens, beraubt ihn seiner Existenz – nur, weil er die Wahrheit sagt! Ist denn das menschlich? Ist das der Mechanismus der Natur? Worauf können sich die Reichen ausreden?“

Der Student sprang vom Tisch und genehmigte sich einen großen Schluck Bier, während man ihm zustimmend und von seiner Eloquenz begeistert die Schultern klopfte.

Da vernahm Baptiste inmitten des Tumultes auch die traurige Stimme eines Mannes, der von der Menagerie, oder besser gesagt von einem der Tiere aus der Menagerie, zu reden begann:

Er war sehr betrübt darüber, dass des Morgens die Giraffe, über die er ihr Leben lang die Obhut hatte, von einer fehlgeleiteten Kanone auf fatale Weise getroffen worden war. Seine Giraffe war völlig zerschlagen in ihrem Gehege vorgefunden worden, ein Loch klaffte in der Decke und in ihrem Körper. Eine Welt war für ihn zusammengebrochen: Er hatte damals ihre Ankunft in der Menagerie miterlebt, als sie noch als Kalb unsicher dahingestelzt war. Mit Kuhmilch hatte er sie aufgezogen, als wäre sie sein eigenes Kind. Ein ägyptischer König hatte sie dem Kaiser zum Geschenk gemacht, um die Beziehungen der Muselmanen zu den europäischen Höfen zu verbessern. Und es war nicht die einzige Kaiserstadt, die sich nun mit einer Giraffe brüsten konnte. Dieser immens lange Hals und die stelzenhaften Beine; das ekelhaft stinkende Fell, dessen Übelgeruch, den der Körper wie eine Zaubertinktur ausschwitzte, Läuse und Flöhe abhielt; diese sonderbaren, hörnerhaften Auswüchse auf der Stirn; diese wunderbare Zeichnung auf dem so fremd anmutenden Körper – dies alles ließ die Bewohner der Kaiserstadt und ihrer Vorstädte in eine ungeahnte Massenhysterie ausbrechen: Man trug die Haare *á la Giraffe*, Stiefel erhielt man nun gemustert im *Style Giraffe*, Straßenmusikanten sangen die *Ode an die Giraffe* und selbst namhafte Künstler komponierten Stücke wie den *Valse Giraffe*, malten Giraffen-Bilder und schrieben Poesie, die die Giraffe zum Gegenstand hatte. Das Leben der Einwohner drehte sich nur mehr um seine Giraffe, die Zeitungen brachten jeden Tag

Neuigkeiten über sie. Er wurde fast wöchentlich über ihre Gepflogenheiten und Eigenheiten befragt. Die ersten Daguerreotypien bildeten seine Giraffe ab. Als der Kaiser die Menagerie für das Volk öffnete, strömten sie zu Tausenden ungeachtet der hohen Eintrittsgelder heran und waren über ihren Anblick so sehr vergnügt – man hatte niemals zuvor solch ein Tier gesehen, das den Menschen so viel Freude bereitete. Kein Panda, kein Rhinozeros, kein Fant, kein Tiger, kein Krokodil, kein Schimpanse, egal wie lustig er spielte – keines dieser geheimnisvollen Tiere brachte die Menschen mehr zum Staunen und zum Lachen. Wenn sie scheinbar gleichgültig mit ihrer grotesken Zunge den Ast griff und die Blätter herunterzog, wie ein Kind das Korn von der Ähre; wenn sie durch ihren Garten stelzte und, zumindest in frühen Jahren, unbeholfen stolperte und strauchelte; wenn sie ihre Stelzenbeine spreizte, um mit dem unglaublich langen Hals aus dem Wassertrog zu trinken, dann frohlockten die verwunderten Kinder, dann stutzten die überraschten Erwachsenen, dann applaudierten die ungläubigen Alten.

Und als der Kaiser beschloss, dass eine ordentliche Giraffe getauft zu sein hat, ließ er extra den Bischof anreisen, der jedoch dagegen war, dass ein wildes Tier dieses kirchliche Sakrament empfing. Doch nach einer ausführlichen imperialen Spende ließ auch er sich von den heiteren Augen der Giraffe einlullen und taufte sie in Anwesenheit der Kaiserfamilie, wobei die jüngste Tochter des Kaisers als Patin herhielt – die von diesem Ritual völlig unbeeindruckte Giraffe hieß von nun an Zara.

Und nun, weil plötzlich die Kaiserstadt und besonders die höfischen Festungen und Palais in Feuer geraten waren, feuerten die verzweifelten Militärs scheinbar ziellos in die Vorstädte, trafen beinahe das Schloss des Kaisers, töteten dabei seine Giraffe. Man zerstörte mehrere Güter der verpachteten Länder berühmter Großgrundbesitzer, sogar die Heilanstalt für geistig abnorme Straftäter hatte es getroffen und so mancher gewalttätige Verrückte war nun auf freiem Fuß.

Baptiste blickte sich bei diesen Worten um, um zu sehen, wer denn da so sprach, und sah einen alten Kauz, mit langem Schnurrbart in seinem aufgedunsenen Gesicht, im lumpigen Arbeitsrock, der wohl beim Stallausmisten die notwendige Bewegungsfreiheit bot.

„Alter, gibt es auch viele Bären in eurem Zirkus?“, fragte Baptiste, ohne sich vorzustellen, ohne ein Wort der Höflichkeit.

Der Mann, leicht betrunken und etwas verdutzt über diese Frage, antwortete sogleich: „Ja, wir haben einen alten Braunbären, einen Eisbären – der ist ganz schön aggressiv! –, einen Panda, direkt aus den chinesischen Bambuswäldern, von Umberto Bortolotti persönlich angeliefert, und noch einen Braunbären, aber einen russischen. Doch keines dieser Tiere, das muss ich noch einmal wiederholen, kommt an die wundervolle Zara, meine großartige Giraffe, heran. Keines von ihnen bereitete jemals so viel Freude, keines war je so beliebt, keine dieser Bestien hatte jemals diesen hohen Status bei unseren Mitbürgern."

„Das mag ja sein, Alter, aber über deine Giraffe lacht nun keiner mehr. Deine Giraffe ist tot. Aber die Bären werden kommen! Die Bären – merken Sie sich gut meine Worte, werter Genosse! –, die Bären werden kommen und bald wird nichts mehr so sein wie früher!"

Mit diesen Worten erhob sich Baptiste von seinem Stuhl und ließ einen äußerst betrübten Tierwärter zurück, der sich trotz der euphorischen revolutionären Stimmung nur um seine verblichene Giraffenfreundin sorgte.

Da die Schenke schon aus Baptistes Blickfeld verschwunden war, als er sich wieder in der Dunkelheit versteckte und aus sicherer Entfernung die imperialen Wachmänner beobachtete, bemerkte er nicht, wie Soldaten die Schenke stürmten und diese aufrührerische Zusammenrottung mit immenser Brutalität auflösten.

Baptiste saß gut verborgen im Schatten und wartete auf den perfekten Moment, die Mauer zum Garten des prunkvollen Schlosses zu überwinden. Die Soldaten patrouillierten, vereinzelt exerzierten ganze Kompanien am Vorplatz zum Haupttor des Schlosses. Es schien vorerst keine Möglichkeit zu geben, unbemerkt diese Hürde zu überwinden.

Da ging plötzlich ein Licht auf: Die Schenke, in der sich die Soldaten um dieses Nest der Revolutionäre gekümmert hatten, erstrahlte lichterloh als Flammenmeer. Daraufhin Schüsse, die die Soldaten auf diejenigen abfeuerten, die brennend aus dem Haus liefen. Die Schreie der feige Gemeuchelten gingen durch Mark und Bein.

So grausam diese Leute auch hingeschlachtet wurden, dies war nun der Zeitpunkt, bei dem all die Wachmänner und Soldaten abgelenkt waren und sich der Faszination des Feuers hingaben.

Baptiste nutzte diese Gelegenheit, um in den Garten des Schlosses zu gelangen: Er lief aus dem Schatten an eine Ecke der Mauer und kletterte so schnell und leise wie möglich empor, um sich auf der anderen Seite ins weiche Gras fallen zu lassen. Er wartete, ob jemand seine Tat bemerkt hatte und sich eine Reaktion abzeichnete. Dabei hörte er die Stimmen der Soldaten, die Schreie, die Schüsse auf die Verbrennenden und das Knistern der züngelnden Flammensäulen. Manchmal vernahm er auch bedrohliche Geräusche aus der Menagerie, zu der er sich nun aufmachte.

Zuerst aber befand er sich vor einer hohen Hecke, ein grünes Labyrinth, zur Frohlockung der kaiserlichen Kinder gepflanzt. Als es ihm schließlich zu blöd wurde, in Sackgassen zu landen, brach er durch die dichten Heckenwände, bis er endlich auf einen Weg aus weißem Kies gelangte.

Am Himmel konnte man von Weitem das Leuchten des Feuers sehen. Wolken verhingen den Mond und die Abermillionen von Sternen. Es rührte sich nichts im Garten. Obwohl es hieß, dass sich dort für gewöhnlich keine Wachsoldaten aufhielten, blieb

Baptiste trotzdem auf der Hut, denn die Zeiten verlangten nach erhöhter Sicherheit, und so ein Kaiser, wenn er nicht geflohen war, fühlte sich mit mehr Wachsoldaten sicherer als mit weniger. Er schlich durch den Garten und die dichte Wolkenschicht öffnete sich und ließ den Mond durchscheinen. Da beunruhigte Baptiste plötzlich eine Herde von übergroßen Tieren, die wie angewurzelt im fahlen Mondlicht sich nach dem Wind beugten: ein Elefant, ein Pferd und ein anderes, sonderbares Getier mit breiten Schwingen. Vor Schreck wäre er beinahe weggelaufen, doch da sich diese Tiere nicht von der Stelle bewegten, näherte er sich ihnen langsam und bemerkte, dass es von Gärtnern in Tierformen zugeschnittene Sträucher waren, die im Wind leise am Stand tanzten. Da: ein Knacken im Unterholz! Baptiste ließ sich hinter einen der Büsche fallen und wartete. Ein Irrtum? Ein Reh trabte durchs Unterholz und lief davon. Die Wolkendecke schloss sich wieder und Dunkelheit herrschte.

Die Geräusche der bewegten Vorstadt wurden schwächer, das Schreien der Dahingemetzelten erstarb langsam, das Feuer brannte gemächlich herab und hinterließ wohl nur mehr ein ausgebranntes Gerüst ohne Überlebende. Und die Soldaten wandten sich wieder durch intensive Überwachung und exzessives Exerzieren dem Schutze des kaiserlichen Schlosses zu.

Baptiste erreichte nun eine weitere Mauer, hinter der wohl die Menagerie lag: Man konnte es schon riechen, den Dung, den

Schlamm der exotischen Kreaturen, die verschiedensten Ausdünstungen und Absonderungen der animalischen Geschöpfe; man konnte es gleichsam hören, das Röhren der Krokodile, das Fauchen der nachtaktiven Katzen, wie Panther und Jaguare, die sonderbaren Gesänge verschiedenster Vögel, die gefangen in ihren Käfigen panisch hin und her flogen. Ein Uhu gab ein Zeichen von sich.

An der Mauer entlanggehend versuchte Baptiste, die Stimmen der Bären aus dem Geräusche-Einerlei herauszuhören, doch er vernahm nichts Vertrautes. Sie mussten wohl schlafen. Oder konnte er etwa das Brummen eines Pandas oder Eisbären nicht verstehen?

Er kam an das weite Tor der kaiserlichen Menagerie und bemerkte, dass daneben, in einem kleinen Häuschen, ein Wachmann bei einer Kerze saß und las.

Baptiste warf einen Stein gegen das Häuschen und versteckte sich hinter der Mauer, bis der Wachmann herauskam, um zu sehen, wer oder was denn hier mit Steinen warf. Als er mit seiner Kerze ans Tor herankam, ergriff Baptiste den Wachmann am Hals und drückte so fest zu, wie er konnte. Da er allerdings sehr abgezehrt und nicht sehr kräftig war, konnte sich der Wachmann aus seinem Griff leicht befreien.

Baptiste fasste blitzschnell nach seiner scharfen Klinge und trieb sie in den Hals des Wachmannes, der röchelnd und gurgelnd neben der Kerze, die noch brannte, zusammenbrach.

Er nahm dem Leichnam die Schlüssel ab, öffnete das Tor und untersuchte das Häuschen des Wachmannes. Dort hingen all die Schlüssel zu den Käfigen, wie bei einem Gefängniswärter. Allerdings gab es keinen Hinweis, welcher Schlüssel welchen Käfig öffnete, deshalb musste er alle mitnehmen.

Angestrengt versuchte er in der Dunkelheit herauszufinden, welches Tier hinter welchem Gitter lauerte: Manchmal trommelte er auf das Gitter und hoffte auf eine Reaktion, aber nur ein Tiger war so frei, angemessen zu reagieren. Oftmals hörte und sah er nichts. Ein Schnauben klang wenig bärenmäßig, eher wie ein Pferd (allerdings handelte es sich um ein Zebra). Die Schimpansen waren leicht auszumachen, denn sie tollten und sprangen wie verrückt auf und ab. Auf „He! Seid ihr es, Bärenkameraden?“ reagierte niemand. All die Beschriftungen der Tiergehege halfen nichts, denn die Kerze spendete zu wenig Licht, um sie zu entziffern.

Schließlich blieb Baptiste nur mehr, alle Gehege, in denen er die Bären vermutete, aufzuschließen, den toten Wachmann als Köder zu legen und abzuwarten, wer herauskam.

Aus Erfahrung wusste er: Ein Bär würde einem frischen Kadaver nur schwer widerstehen können. Doch vielleicht waren die Tiere so gut gefüttert, dass ihnen der Leckerbissen egal war? Und eventuell labten sich auch andere Bestien gerne an Kadavern.

Doch was blieb ihm übrig, wenn er nicht in jedes Gehege persönlich klettern wollte? Er lief von einem zum anderen und öffnete mit den verfügbaren Schlüsseln so viele wie möglich.
Nach und nach trabten verschiedenste Tiere heraus.
Der erste Bär!
Gleich darauf ein Tiger, der laut fauchte.
Baptiste kletterte im Geäst der Schlingpflanzen auf die Mauer der Menagerie und rief dem Bären zu, zu ihm zu kommen, doch dieser interessierte sich mehr für den Kadaver.
„Kamerad! Kommt zum Eingangstor und ich befreie Sie, gemeinsam mit Ihren Genossen!"
Der Braunbär war darauf wenig erpicht und leckte das Blut vom Hals des Gemeuchelten. Baptiste wurde ungeduldig und wollte wieder von der Mauer herunterspringen und dem Bären von Auge zu Auge zur Flucht anraten, doch der Tiger erwartete ihn schon und verhinderte eine sichere Passage zum Bärenkameraden, der schließlich begann, sich lustvoll am Leichnam zu laben. Und als sich ein zweiter Bär, der Eisbär, zu diesem gesellte und sie sich gemeinsam an dem verendeten Wachmann zu schaffen machten, rief Baptiste noch einmal zu ihnen hinüber: „Kameraden! Wir werden gemeinsam von hier fliehen und uns mit der anderen Bärentruppe vereinigen!"
Der Tiger sprang fauchend die Mauer hoch und verfehlte Baptiste nur knapp.
„Kommt doch, lasst den Wachmann liegen und bewegt euch – dort, wo wir hingehen, werden wir uns wie Könige laben! Wir

werden nicht nur wie Könige leben, wir werden Könige sein! Kommt, meine Freunde, kommt zum Tor!"

Die Reaktion der Bären war ernüchternd, denn sie rissen gierig an dem noch warmen Fleisch und vergaßen dabei die Welt um sich.

Baptiste wusste sich nicht weiterzuhelfen. Er schritt auf der Mauer entlang und sprang beim Tor hinunter, natürlich außerhalb der Menagerie, um nicht vom Tiger oder einer anderen Bestie gefressen zu werden. Er wollte die nun freien Tiere durch das Gitter des massiven Eisentores beobachten. Doch in der Dunkelheit war nur der weiß herausstechende Eisbär zu erkennen.

Baptiste wiederholte die Aufforderung, ihm endlich zu folgen. Und da: Der Eisbär erhob sein Haupt, um zu sehen, ob nicht noch mehr dieser köstlichen Kadaver präsentiert wurden.

Plötzlich ein fester Hieb gegen Baptistes Hinterkopf, dem ein dumpfer Schmerz an der Schläfe folgte. Er hielt sich reflexartig die verwundete Stelle, konnte sich aber nicht mehr aufrecht halten, fiel gegen das Tor und kam im weißen Kies zu liegen.

Er erblickte noch einen über ihm stehenden Wachmann, als ihm die Besinnungslosigkeit langsam in den Kopf kroch und die kalte Finsternis über ihn hereinbrach.

Der Wachmann war zufrieden, einen potenziellen Revolutionär, Terroristen oder Sodomiten überwältigt zu haben, und war sich nicht der Todesgefahr bewusst, als er anfing, das schwere

Eisentor zur Menagerie zu öffnen, um zu sehen, wie es um seinen vermissten Kameraden stand.

Zu spät bemerkte er die wilden Bestien, die frei herumliefen, als auch schon der Eisbär über ihn herfiel und ihm bei lebendigem Leibe die Gedärme aus dem dampfenden Körper riss.

IMMER WEITER, BIS ZUM SIEG

Der Kaiser erwachte täglich beim ersten Sonnenstrahl – er liebte die Stille bei Tagesanbruch, ganz besonders während eines Aufenthaltes im Schloss nahe der Kaiserstadt. Die Geräusche der Tiere aus der Menagerie gaben ihm immer das wunderbare Gefühl, in exotischen Gefilden, weit entfernt von diesem bürokratischen Wahnsinn, in Wahrheit im südamerikanischen Dschungel oder in der afrikanischen Savanne zu sein.
Stattdessen trachtete man ihm hier nach dem Leben! Wüsste der Pöbel, dass er noch im Schloss weilte, man hätte es schon lange gestürmt und in Flammen gelegt, so wie die Hofburg und den Justizpalast.
Er verfluchte die Monarchen, die nichts Besseres zu tun gehabt hatten, als herauszuposaunen, dass die Menschen, wenn sie kein Brot oder Wasser hatten, doch lieber Kuchen essen oder Wein trinken sollten. Dafür war ihr Kopf gerollt. Und zu Recht, wie der Kaiser dachte.
Seine fette Mätresse lag halb nackt und schnarchend am Rücken. Er läutete dem Diener, der ihm fünf Minuten später eine Tasse heißen Milchkaffee brachte, die er am Schreibtisch laut schlürfte – so sehr die Osmanen eine Plage gewesen waren, so sehr musste man ihnen für ihr Souvenir, den so schmackhaften Kaffee, danken.

Der Diener zog die Gardinen zur Seite und öffnete die Tür nach draußen zur Terrasse, wo ein kleiner Garten den sonstigen Prunk ein wenig vergessen ließ.
Plötzlich erstarrte der Diener ehrfurchtsvoll und riebt sich die Augen.
Der Kaiser rief ihn, doch bekam er keine sofortige Antwort, so wie er es sonst vom ihm gewohnt war.
„Daniel, was sind das für Geräusche im Schlosspark?“
Er folgte ihm nach draußen auf die Terrasse und murmelte verärgert, dass der Taugenichts von Diener wohl zu sehr ins Blumengießen vertieft sei. Und als er den Diener so erstarrt dastehen sah, wurde er wild und schrie, wieso er nicht antwortete, wenn nach ihm gerufen wurde. Doch nach einem flüchtigen Blick in seinen Schlossgarten wurde ihm klar, warum: Zwei Rhinozerosse standen im kaiserlichen Springbrunnen zwischen den Wasserspielen und koitierten geräuschvoll; drei Zebras grasten auf den Wiesen zwischen den zu Tieren zugeschnittenen Buschwerken; ein hungriger Tiger verfolgte ein galoppierendes Pferd und versuchte es zu reißen, doch wehrte sich das mutige Pferd bislang erfolgreich und schlug mit seinen kräftigen Beinen aus; ein Vogelstrauß lief mit fünf Jungen im Gänsemarsch am weißen Kies entlang; zwei aufgeheizte Böcke kämpften um die Vorherrschaft; Kängurus hoppelten fröhlich durch den Schlossgarten, eines der Tiere hatte ein winziges Junges in seinem Beutel; der Eisbär zerrte den teilweise gefressenen Leichnam eines Wachsoldaten durch den Garten

(um ihn im Unterholz vor anderen Bestien zu verstecken, wie ihm später sein kaiserlicher Haus- und Hofzoologe erklären wird); ein grauer Rüssel drang in den kleinen Garten seiner Terrasse vor – ein Elefant versuchte, die saftigen Blätter von einem Strauch zu ziehen – und die beiden staunenden Männer sprangen zur Seite.

Der Kaiser stürzte zurück in sein Schlafzimmer und stopfte seine frisch geputzte Flinte.

Der Diener schlug Alarm und eine Kompanie rückte im Zimmer an.

Im Laufe des Tages erschoss man all jene Tiere, die sich nicht wieder einfangen ließen. Worüber die kaiserliche Hoheit sehr betrübt war. Wütend wünschte er dem Verantwortlichen die Pestilenz an den Hals.

Und man fand schließlich den von all den Strapazen ausgezehrten Baptiste am Tor der Menagerie liegend, bis auf den Schlag auf den Kopf wie durch ein Wunder unverletzt, und warf ihn in den Kerker.

„Ferdinand! Geht es dir gut? Sag doch was! Ich bin es, erkennst du mich nicht? Deine Schwester Imogen!“

Er blickte sie nur ungläubig an.

„Du bist so abgemagert! Man erkennt dich kaum wieder. Was hast du nur angestellt? Ist es denn wahr, was man sich über dich erzählt?“

Die Frau brach in Tränen aus.

Baptiste erhob sich und wollte die Person, die mit dieser wundervollen Stimme sprach, in dem schwachen Lichtschein genauer betrachten. Doch als er an die Gitterstäbe herantrat, wurden die beiden Soldaten nervös und drohten ihm mit dem Bajonett. Er erhob seine Hände und deutete ihnen abwehrend, dass sie nichts zu befürchten hatten.

„Ferdinand", stieß die Frau unter Tränen hervor, „wo warst du? Was hast du nur angestellt?"

„Wieso sprechen Sie mich als ‚Ferdinand' an? Mein Name ist Baptiste und meine Schwester ist vor vielen Jahren gestorben!"

„Aber Ferdinand, ich bin doch nicht tot! Ich bin es: Imogen! Ich lebe! Ist das der Grund, warum du plötzlich verschwunden warst? Weil du gedacht hast, ich sei gestorben? Aber ich bin nicht tot: Sieh her! Berühre mich!"

„Bitte nennen Sie mich nicht Ferdinand, das bin ich nicht."

Er war ob dieser Erinnerung verzweifelt: „Ich habe gesehen, wie meine über alles geliebte Schwester am Sterbebett die Augen für immer schloss und ihr der Priester die letzte Ölung verabreichte. Wagen Sie es nicht, ihre Erinnerung mit ihrer Scharade zu entwürdigen!"

Er musterte sie von oben bis unten: „Des Weiteren ähneln Sie meiner Schwester nicht im Geringsten, nur die Stimme weist eine gewisse… Ähnlichkeit auf."

„Aber Ferdinand: Sieh mich doch genauer an! Wir haben uns solche Sorgen um dich gemacht. Wie konntest du uns nur verlassen?"

„Nachdem meine geliebte Schwester verstorben war, wurde ich, als ich mit meinem Vater, einem fahrenden Scholaren, durchs Land reiste, von Räubern entführt. Bei den Halunken ich meine Lehrlingsjahre verbrachte.“

„Ferdinand … Ich meine… Baptiste, das ist doch Unsinn! Kannst du dich denn an gar nichts mehr erinnern? Du hast Vaters Geschäfte übernommen! Du bist … du warst Kommissar, ein sehr erfolgreicher obendrein.“

„Ich bitte Sie, beleidigen Sie nicht meine Intelligenz.“

„Ich bitte dich! Sieh mich an! Ich bin es, deine Schwester Imogen! Erkennst du mich denn gar nicht?“

Man will dich hinters Licht führen, dachte Baptiste.

Ein verwirrender Traum. Er sehnte sich so sehr nach seinen Freunden, den Bären. Doch noch mehr sehnte er sich nach dieser vertrauten Stimme, die seiner Schwester Imogen gehörte. Eine Stimme, so süß wie die Erinnerung an seine Kindheit.

„Ich kann mich genau erinnern: Einmal, als du mit Vater verreist warst, hattest du dich im Wald verlaufen und man suchte zwei Tage nach dir, bis man dich ganz unterkühlt und halb verhungert aufgefunden hatte. Du hast lange nicht geredet. Ist damals etwas Schlimmes passiert? Sag doch schon, Bruder, woran kannst du dich erinnern?“

Baptiste musterte die Frau vor sich, konnte aber überhaupt keine Ähnlichkeit mit seiner geliebten Schwester feststellen, und er setzte sich wieder auf die nackte Erde.

„Hören Sie das? Da, wieder! Das sind die Bären! Sie kommen, um mich zu befreien! Gemeinsam werden wir den Kaiser und seine Gefolgsleute stürzen! Gemeinsam werden wir eine neue Ordnung errichten – eine Ordnung, die der Ausbeutung entgegengesetzt ist! Eine Ordnung, die auf Brüderlichkeit und Barmherzigkeit basiert! Eine Ordnung, die die Ungerechtigkeit gegen die Unterdrückten beenden und die Freiheit gewährleisten wird! Mit Hilfe meiner Kameraden werden wir ein neues Zeitalter einläuten! Da! Schon wieder dieses Brüllen, ja, sie sind da! Die Stunde der Befreiung ist nahe!"

Imogen erschrak furchtbar ob den Worten ihres Bruders. Es tat sehr weh, ihn so zu sehen. Wie ein wildes Tier in der Menagerie, wo man ihn angeblich gefunden hatte.

Baptiste blickte lachend zum Fenster hoch, als gäbe es dort etwas Erfreuliches zu entdecken.

„Ich verstehe nichts! Was ist nur mit dir geschehen? Sieh mich an, ich bin nicht tot! Ich weiß, es ist sehr schlecht um mich gestanden, aber ich habe mich wieder erholt, bin vollständig genesen und war so traurig darüber gewesen, dass du verschwunden warst. Zuerst glaubte ich, es wäre wegen deines Dieners gewesen, den man zu Unrecht hingerichtet hatte. Dann dachten wir, man hätte dich entführt und wollte ein hübsches Lösegeld kassieren! Aber es kam keine Nachricht, weder von Bösewichten noch von dir. Kein einziges Wort! Und jetzt, nach so vielen Jahren, taucht ein Polizist auf und erzählt uns, dass man dich in der psychiatrischen Anstalt festhält und dass du so viele Menschen umgebracht haben sollst. Dass man dich im Schlosspark total verwildert aufgefunden hat und du abstruse Geschichten erzählst! Was ist nur passiert? Wer hat dir denn diese grauenhaften Dinge angetan, dass es deinem Verstand so zugesetzt hat? Oder waren es Vaters Räubergeschichten über diesen Pierre, die dich derartig verstört haben?"

Da begriff Baptiste, dass diese Frau, egal ob Traum oder Realität, zu seinen Feinden gehörte: Sie redete wie einer der gemeinen Ausbeuter! Sie gebar sich wie ein Handlanger der Obrigkeit – man konnte es in Wahrheit schon an ihrem Äußeren, an ihrer Kleidung und der rhetorischen Diktion erkennen, wie er meinte.

„Gnädige Frau, gehen Sie. Ich bin lieber allein, als mich von Ihnen beleidigen zu lassen. Erzählen Sie denen da oben, auf ihrem Thron, auf ihren Amtsschimmeln, und denen, die glauben, dass ihre Mitmenschen nichts weiter als Sklaven sind, erzählen Sie ihnen, dass ich, Baptiste, mich niemals unterwerfen lasse; erzählen Sie ihnen, dass ich lieber sterbe, als vor ihnen Gnade walten zu lassen; erzählen Sie dem Kaiser, dass seine Stunde nun gekommen ist! Bitte, gnädige Frau, wer immer Sie auch sind, bitte gehen Sie jetzt! Es reicht!"

Tränen liefen Imogen über die Wange.

„Aber Bruder! Es schmerzt, was du sagst! Bitte tu mir noch einen Gefallen, bitte sag mir nur eines: Hast du denn deine Schwester gar nicht lieb?"

Baptistes Tränen kamen so plötzlich und unerwartet: „Ich habe in meinem Leben niemanden mehr und aufrichtiger geliebt als meine wundervolle Imogen, die mir gleichzeitig Schwester, Mutter und Freundin gewesen war. Als sie ihre Augen zum letzten Mal schloss und so leblos vor mir lag, brach es mir das Herz. Und ich schwor mir, von nun an so zu leben, wie es einem wie mir gebührte: kompromisslos, unabhängig und voller Aufopferung, genauso, wie sie es mir beigebracht hatte."

Sie wischte sich die Tränen aus den Augen und deutete den Wachen, dass sie nun den Besuch beenden wollte.

„Leb wohl, mein geliebter Bruder! Ich werde dich in guter Erinnerung behalten, nur das Beste über dich berichten und trotz allem deine Freilassung fordern. Ich werde dein Andenken ehren. Leb wohl."

Mit diesen letzten Worten drehte sie sich um und verließ, sichtlich niedergeschlagen den Soldaten folgend, den dunklen Kerker.

Baptiste aber konnte es direkt fühlen: Die Bären waren schon ganz nahe! Bald war es so weit – er musste sich für den allerletzten, alles entscheidenden Kampf bereithalten. Seine Hände verkrampften sich um die Gitterstäbe, sodass die Knöchel weiß wurden.

Die Tränen liefen nun hemmungslos aus den Augenecken, aber er verbot sich jedwedes Geräusch.

Die Tür zum Verlies wurde aufgestoßen und drei Soldaten stürmten herein, öffneten die Zellentür, rissen Baptiste aus dem Schlaf, packten ihn und fesselten seine Hände. Dann stießen sie ihn mit Gewehrläufen vor sich her, die Stufen hoch, hinaus zu einem weitläufigen Hof, wo man für ihn einen Galgen errichtet hatte.

Ein Mann, wohl der Scharfrichter, wartete auf den zum Tode Verurteilten.

Wo sich sonst die Menschentraube versammelte, da war nun niemand, denn Hinrichtungen wurden seit dem Aufruhr nicht mehr in der Öffentlichkeit vollzogen. Nur die Wachsoldaten standen wie aufgefädelt am verschlossenen Tor.

Als Baptiste im Morgengrauen den baumelnden Strick erspähte, wurde ihm blitzartig klar, dass die Zeit drängte.

Er stieg, nicht ganz freiwillig, die Stufen zu dem Podest hoch. Bei jedem Schritt wehrte er sich, doch man stieß ihm rücksichtslos das Gewehr in den Rücken!

Wo bleiben meine Kameraden?

Er vernahm hinter den Mauern ein furchtbares Grollen, das wohl ihre baldige Ankunft ankündigte. Sobald die Bären diesen Hof umstellt hatten, würde es ein Leichtes sein, sich zu befreien und diese letzte Offensive gegen den gemeinen Staat zu beginnen.

Da erkannte Baptiste in seinem Scharfrichter von Lohengrin, seinen einstigen Vollstrecker, der ihn in die Gülle werfen ließ; und dieser erkannte Baptiste ebenso. Ungeheure Abscheu kam

in dem Verurteilten hoch, während ihn von Lohengrin hämisch angrinste.
„Wen haben wir denn da? Einen alten Bekannten! Wie ich sehe, ist es dem Landstreicher wohl nicht so gut ergangen? Wo ist denn dein langes Haar hingekommen? Konntest du den Bären, zu dem wir dich losgeschickt haben, ausfindig machen? Wohl nicht, wie ich sehe, denn du hättest ihn uns freilich präsentiert. Sei's drum, wenn du im Moment nichts Besseres vorhast, können wir ja zur Tat schreiten."
Dann verlas der Scharfrichter die Anklage und das Urteil: „Ferdinand Nepomuk Hofbauer, Sie sind wegen Brandstiftung, Wilderei, hinterhältigen Betrugs und mehrfachen Mordes an Männern, Frauen und Kindern vom kaiserlichen Gericht zum Tode durch den Strang verurteilt. Wenn Sie noch etwas zu sagen haben, dann sprechen Sie jetzt."
Baptiste schwieg. Man wollte ihm sogleich ein schwarzes Tuch über das Gesicht legen, doch von Lohengrin unterbrach diese Amtshandlung und flüsterte Baptiste ins Ohr: „Habe ich es dir nicht prophezeit, dass wir dich zu fassen bekommen? Habe ich dir nicht prophezeit, wo du schlussendlich landen wirst? Nun, mein Lieber, ich denke, ich mache dir noch das Angebot, dich ein letztes Mal an die Menschen zu adressieren, bevor wir das Urteil vollstrecken. Hast du noch etwas zu sagen? Das ist deine letzte Gelegenheit. Sie lauschen hinter der Mauer und warten nur auf deine Weisheit. Vertraue mir, ich will nur dein Bestes in deiner letzten Minute. Lass uns an deiner Brillanz teilhaben, um

uns ein Bild von einem Menschen wie dir machen zu können. Los, sprich!“

Baptiste drehte sich zu der Mauer. Er lauschte, ob er dahinter die Stimmen seiner Freunde erkannte.

„Los, sprich endlich!“

Er hätte den Pöbel gerne noch mehr gegen die Obrigkeit aufgehetzt, doch fand er in diesem Augenblick nicht die richtigen Worte. Was konnte er ihnen sagen, dass sie nicht selbst wussten oder wiederholt von anderen gehört hatten? Das Ende der Zivilisation, so wie sie sie kannten, stand kurz bevor. Kämen nicht die Bären, würde wohl früher oder später jemand anderer kommen und dieser elendigen Erbarmungslosigkeit ein Ende bereiten.

Und da hörte er die Stimmen seiner Freunde, da: Immanuel musste es sein!

„Ist es denn möglich, dass so ein wilder Junge wie du uns nichts zu sagen hat? Wo du doch so viele Männer, Frauen und Kinder auf dem Gewissen hast? Ich hätte dich niemals aus der Jauche befreien dürfen, ich hätte dich an Ort und Stelle in der Gülle absaufen lassen sollen! Das kommt davon, wenn man Gnade vor Recht ergehen lässt. Niemals hätte ich dich gehen lassen dürfen! Aber nun bekomme ich die Gelegenheit, meinen Fehler zu bereinigen. Du hast noch Zeit für ein letztes Gebet!“

In der Ferne teilte sich das Grün, das eine eindrucksvolle Armee von Bären ausspuckte. Baptistes Herz begann, wie wild zu schlagen.

Nun war es so weit: Die Bärenrevolution stand an ihrem Anfang!

„ERHEBT EUCH GEMEINSAM GEGEN DIE OBRIGKEIT, IMMER UND IMMER WIEDER, SO LANGE, BIS LÄMMER ZU LÖWEN WERDEN!"

„Lass mal gut sein", sagte von Lohengrin kurz und bündig. Sie packten Baptiste, bedeckten sein Gesicht mit dem schwarzen Tuch und legten ihm die Schlinge um den Hals. Einer der Soldaten überprüfte Baptistes gefesselte Hände, das schwarze Tuch auf seinem Gesicht und das straffe Seil um seinen Hals.

Die Dunkelheit erfasste Baptiste: Er hörte das Brüllen der angreifenden Bärenarmee in der Ferne. *Gleich werden sie da sein und mich vom Strick holen und diesem von Lohengrin den Garaus machen. Auf Immanuels Rücken werde ich mit einem Heer von Hunderten, vielleicht Tausenden von Bären zum Angriff blasen und die überraschten Soldaten überrumpeln, sie mit gewaltigen Tatzenhieben hinstrecken, bevor sie noch zu ihren Waffen greifen können. Wir werden in die Kaiserpaläste und Hofburgen vordringen und die Minister zur Aufgabe zwingen, ihnen ein neues Recht diktieren, nämlich das Recht auf Freiheit, das Recht auf Unabhängigkeit und das Recht auf Mitbestimmung! Sie werden uns zu Füßen liegen und um Gnade winseln!*

Das Gebrüll der angreifenden Bären kam näher.

Die ersten Schreie, die ersten Schüsse fielen.

Er erinnerte sich an die in den Feldern verrottenden Bären.

Verzweifelt versuchte er, sich von seinen Fesseln zu befreien, riss an den Seilen, um den Bären zur Hilfe zu eilen.

„Ich bereue nichts!“, schrie der Rote Pierre aus voller Brust.
Baptiste verlor abrupt den Boden unter den Füßen und fiel.
Imogen, die am Fenster das traurige Schauspiel beobachtete, schloss bekümmert die Augen.
Ein kurzer, überraschter Aufschrei, dann war es wieder still.
Mit rasendem Puls durchflutete Baptiste das Bärenblut, es lösten sich seine Fesseln und er griff nach dem rauen Fell, fasste nach der Freiheit, klammerte sich an das Leben und fühlte die ungeheure Stärke, mit der er das alles beherrschende Unrecht zu besiegen trachtete.
Eine wunderbare Wärme umgab ihn, eine mütterliche Ruhe umschlang ihn wie Fruchtwasser.
Dieser allerletzte, alles entscheidende Kampf löste sich wie ein Knoten von selbst auf; sein Herz schlug im Einklang mit den ewigen Herzen, und er ahnte, dass diese dieselben revolutionären Herzen trugen.
Schwerelos tauchte er ein in ein wohliges Gefühl der Überlegenheit und der Erkenntnis, dass es nichts gab, das nicht bezwungen werden konnte; dass es nichts gab, das nicht geheilt werden konnte; dass die ihn umgebende Kraft die immense Stärke seiner mächtigen Mutter war und ihn erneut als kompromisslosen Soldaten in die Welt entsenden werde, um den ewigen Kampf gegen die himmelschreiende Ungerechtigkeit aufzunehmen, um Schlachten der Freiheit willen zu bestreiten und den niemals endenden Krieg um die Unabhängigkeit für sich zu entscheiden, immer vorwärts, bis

zum Sieg – immer vorwärts, bis zum Sieg – IMMER WEITER, BIS ZUM SIEG!

ChrisAdel.com

Ebenfalls von Chris Adel erhältlich: mit dem *QR-Code* kommst du direkt zum Taschenbuch!

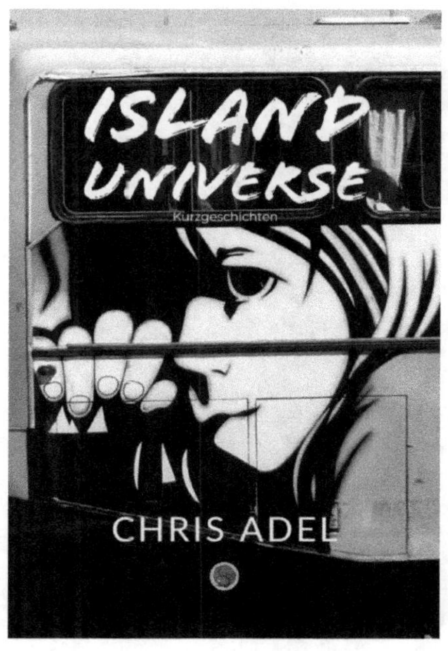

Klappentext: Gibt es poetische Gerechtigkeit? Kannst du mit Tieren sprechen? Schon mal Milch von der Kuhzitze getrunken? Überfordert dich das Leben als Künstler? Könntest du frisch geborene Kätzchen töten? Was passiert, wenn du stirbst? Hast du Angst vor Spinnen?

Diese und andere Fragen stellen sich in diesen wunderbaren Kurzgeschichten, die jeweils mit einem unvorhersehbaren Ende aufwarten, das sich gewaschen hat.

Wer ein Happy End braucht, kann getrost weiterziehen ...

Klappentext: Ach du Scheiße! – ¡*Manda Cojones!* ist nicht nur Titel, sondern auch Programm dieser drei Erzählungen aus Lateinamerika.
„Gegen den Strich" handelt von meiner Reise entlang des Rio Napo, von den Menschen, wie sie dort leben, fernab der Zivilisation, in kleinen Siedlungen oder Dörfern, oder allein mit der Familie am Fluss, nur von den Früchten und Tieren des Dschungels lebend. „Der kleine Tod" und „Endstation Paradies" sind von Erlebnissen und Gesprächen auf Kuba inspiriert und erzählen davon, was der Machismo anrichten kann.
Wie sehr man sich vom Stolz leiten lässt und sogar einen Krieg beginnt, den man nicht gewinnen kann – eben typisch lateinamerikanische Geschichten, aus der Sicht der Männer, die nichts anderes kennen als das Patriachat.

Klappentext: Denken Nachdenken. Nein, ich denke schon lange nicht mehr. Würde ich nachdenken, wäre ich nicht da, wo ich jetzt bin. Hätte ich alles durchdacht, wäre ich ganz woanders, vielleicht sogar glücklich. Aber das hätte ich mir früher überlegen müssen. Denken, bedenken, Konsequenzen durchdenken, im Gedanken abwägen. Doch ich habe es immer vorgezogen, einfach zu handeln, einfach so. Ich habe mich dabei verrannt, andere verbrannt, bin angestoßen, angeeckt, kompromisslos. Fehler, die man macht, die man bereut und sich schwört, sie nie wieder zu begehen.
Man wiederholt sie, ohne etwas dagegen tun zu können, eben nicht aus seiner Haut können, einfach ich sein – eben ohne nachzudenken.

Klappentext: Noolas Dorf wird am Tag ihres Beschneidungsrituals ausgelöscht. Sie flieht mit Hilfe wilder Tiere durch die Wüste, über die Mittelmeerroute und über Land bis nach Babel, wo sie auf Severin Roosmeer, einen Schriftsteller, trifft.

David hört Stimmen, die ihn zwingen, den Turm zu Babel zu errichten!

Zu welchem Zweck hat sie das Schicksal zusammengebracht?

Klappentext: Janus wird entsendet, um die Walmenschlinge in Babel zu neutralisieren. Er hat aber nicht mit der Kreativität eines Severin Roosmeers gerechnet. Doch auch der Wächter der Tiere hat im Kampf zwischen Pottwal und Riesenkalmar noch ein Wörtchen mitzureden.

Konrad kehrt aus dem selbst auferlegten Exil nach Babel zurück und träumt von einem Leben als Künstler in der altehrwürdigen Kulturstadt. Als er die atemberaubende Cleopatra kennenlernt und Mondschein in Severin Roosmeers Keller stürzt, ändert sich sein Leben auf unvorhersehbare Weise.

Apokalyptischer Horror bricht über Babel herein …

Klappentext: Herr Nietsche findet vor der Tür eine Botschaft für seine Gattin: "Ich liebe dich, Frau Nietsche!"

Voll schwarzem Humor und blankem Horror schickt uns Chris Adel auf eine Reise, auf der man keine Fotos macht, keine Souvenirs einkauft und von der man geläutert wiederkehrt – mit dem Wunsch, seine eigene persönliche Wahrheit zu ergründen – so wie es die Pflicht eines jeden Künstlers ist.

Wenn Sie dazu noch nicht bereit sind, nehmen Sie von diesem Werk Abstand, denn die Wahrheit tut weh. Und der Weg zur Erkenntnis ist gespickt mit Obsession, Wahnsinn und Schmerzen, die bis in alle Ewigkeit nachhallen ...

Klappentext: Bewerben Sie sich auf einen neuen, oder gar Ihren ersten wichtigen Job, der Ihr Leben verändern wird?
Fühlen Sie sich unsicher, was von Ihnen erwartet wird? Haben Sie Angst sich im Vorstellungsgespräch zu blamieren? Planen Sie, das Vorstellungsgespräch zu überleben und wollen nicht in der Hölle schmoren?

Dann ist dieses Buch genau das Richtige für Sie!

Chris Adel führt Ihnen mit dieser beinahe wahren Geschichte den blanken Horror und die groteske Absurdität des modernen Vorstellungsgesprächs vor Augen und zeigt Ihnen, wie Sie sich am Rande des Abgrunds vor dem Schlimmsten bewahren.

Klappentext: Jesus öffnete seine Augen – doch er sah nichts.
Gestern hatte er es übertrieben.
Nein, nicht übertrieben.
Immerhin lebte er ja noch.

Voll schwarzem Humor und blankem Horror schickt uns Chris Adel auf eine Reise, auf der man keine Fotos macht, keine Souvenirs einkauft und von der man geläutert wiederkehrt – mit dem Wunsch, seine eigene persönliche Wahrheit zu ergründen – so wie es die Pflicht eines jeden Künstlers ist.

Wenn Sie dazu noch nicht bereit sind, nehmen Sie von diesem Werk Abstand, denn die Wahrheit tut weh. Und der Weg zur Erkenntnis ist gespickt mit Obsession, Wahnsinn und Schmerzen, die bis in alle Ewigkeit nachhallen ...

Klappentext: *Nur die Harten kommen in den Garten* beinhaltet die Novellen Des Teufels fette Beute, Kamikaze und Gott hasst uns alle. Diese Dunkelgrauen Erzählungen sind nichts für schwache Nerven.

Wenn Sie denken, dass Sie den blanken Horror, die Obsession und den Wahnsinn aushalten können, dann lade ich Sie ein, mir in eine Welt zu folgen, in der nur die Wahrheit des Künstlers gilt. Und die Sie nie mehr loslassen wird.

Wagen Sie es? Fühlen Sie sich mental und physisch stark genug?

Entpuppen Sie sich aber als zu schwach, werden Sie an den Dunkelgrauen Erzählungen zugrunde gehen. Denn nur die Harten kommen in den Garten...

www.ingramcontent.com/pod-product-compliance
Lightning Source LLC
LaVergne TN
LVHW010059170826
845678LV00012B/2179

* 9 7 8 3 9 0 3 3 1 5 2 2 8 *